馬克　主編　林銳　整理

端方存札

金運昌題

北京聯合出版公司

編委會

前言

清代以來不少文士喜愛收藏名人書札，收藏者最留意名家親筆，每人一兩通，旨在欣賞墨迹，傳世的「國朝名賢書札」「同光名臣尺牘」之類，都是這樣形成的藏品。爲了蒐羅更多的名人手迹，藏家往往把成批的書札拆散，互通有無，很多原本有的歷史聯繫就此中斷，頗令歷史學者感到惋惜。所幸者，有一些「同一上款」的書札册，一般也稱爲「存札」，某種原始的歷史聯繫却被保留下來，學術意義相對要高一些。這本由林鋭先生整理的《端方存札》便是清末鼎鼎大名的端方的存札，這批書信對研究清末社會歷史有特殊的文獻價值。

一

端方（一八六一—一九一一）字午橋，號匋齋，姓托忒克氏，滿洲正白旗人，出生於直隸浭陽（今河北豐潤）。他的祖上并不顯赫，直到伯父桂清（字蓮舫），一度任内務府大臣，大概在宫廷花錢問題上很讓慈禧太后滿意，恩惠所及，自然也落到端方等子侄身上。端方以蔭生入仕，又中了舉人，而且長期在工部做司員，辦的也多是伺候宫廷的差事，在皇帝大婚、太后萬壽慶典等保案里頗受嘉獎，很快成爲慈禧和光緒皇帝非常器重的滿洲官員。庚子事件後，兩宫西狩，端方三次護理陝西巡撫，在西安大悦聖心，很快官運亨通，先後任湖北巡撫、江蘇巡撫、湖南巡撫和兩江總督，成爲東南督撫的領袖人物之一。

除了簾眷深厚的資本和務實的辦事才能，端方籠絡漢族士人的本領也非同一般，他將繆荃孫、楊守敬、張祖翼、陳慶年等諳熟金石、目録、版本的學者納入幕中，使得他養成於京師的鑒賞品味，在宦囊優厚的督撫時期，大放異彩，終於成就了他一代收藏大家的歷史地位。端方的幕府人員多才多藝，不僅輔佐政事，更是幫助鑒賞。舉凡書畫、碑帖、石刻、銅器、磚瓦、璽印、玉器，都是他收藏的對象，甚至古埃及石刻拓片也是他引以爲自豪的藏品。他收藏的毛公鼎、摹顧愷之《洛神賦圖卷》、宋刻《資治通鑑》都是絕世孤品。不幸的是，在辛亥革命的風潮中，端方死於新軍之手。不久清朝覆滅，他的珍貴藏品被後人陸續售出，很快散失殆盡。命運相同的，還有他爲官期間形成的大批文獻檔案。這些具有重要歷史文獻價值的私人檔案，也在民國時期流失出來。

二

端方保留下來的公務往來文書及私人信函，後人統稱爲「端方檔案」，包括他在陝、鄂、蘇、湘等地從政時期的往來函札、電報、奏稿、表册等文獻。可惜，這批保存完整的大宗文獻在二十世紀三十年代，開始陸續從端府散落出來。一九三五年十一月，經藏書家倫明介紹，陳垣提議，故宮博物院文獻館首次購得端方檔案五百多册；一九三六年二月和一九三七年三月，故宮又續購兩次，三次所購超過一千册（包），這些檔案現在均保存於中國第一歷史檔案館。民國時期參與整理端方檔案的張德澤曾説：「本館所購者，仍非全部，聞其未售出者，爲數尚多。」其實，未售出者確實有，但數量遠不及前者。一九五〇年代，中國科學院近代史研究所徵集到一批端方檔案（現保存於中國歷史研究院圖書檔案館），計有二十多册，應是從端府散出稍具規模的最後一批文獻。近代史所藏端府文獻，不少是家書，諸如端方早年寫給父母的禀函，端方之子繼先留學美國時寫給叔父的信，六弟端錦在日本學習鐵路管理及考察西歐各國路務期間的家信等，也有不少署名「名心」的密信。還有不少書信有頭無尾，殘缺不全，可見端方後人保存先人文獻不善的情形。

從一些資料看，端方檔案售歸故宮博物院文獻館收購前，一部分已經流落到琉璃廠舊書肆了。雖然大宗端檔化私爲公，也不排除别的少量文獻仍在書估手中流傳。學者石繼昌很晚還在隆福寺寶會齋書鋪中見到過端府的一束舊札，而章士釗在二十世紀三十年代收藏一封有關丁未政潮中袁世凱給端方的密函，同樣是從私人手中獲得的。顯然，端方朋僚的往來書信因收藏價值轉高，民國時期已經成爲舊書店和收藏家的居奇之物。

現在看到的《端方存札》，册頁裝，四册，每册錦緞封面，題簽「匋齋存牘」，題簽底端分别寫有「元」「亨」「利」「貞」四字。每册封面題簽上均蓋有「左楨之印」「東山」兩方印章。按，佐久間楨（一八八六—一九七九），原名佐久間貞次郎，號東山。自幼學習漢文，諳熟漢詩，清末來華後曾拜王闓運爲師。民國初年前往中國東北、北疆以及外蒙等地遊歷并收集情報。他與遺老鄭孝胥、樊增祥等有所往來。一九三五年出任滿鐵顧問，一九三八年移居北京。日本戰敗前夕返回東京，改名佐久間楨。據佐久間楨的兒子佐久間祿（筆名左久梓）稱，他的父親是在寓居北京期間，「偶得此册」於端方之外甥手裏。看來，端方後人與親屬也曾從端方文獻裏挑選名人手迹，裝裱成册，珍藏把玩，只是後來又都出手了。

三

《端方存札》總共收録了端方五十二位朋僚的來函，寫信人有裕禄、岑春煊、魏光燾、弼良、瑞澂、陳夔龍、孫家鼐、李端棻、寶熙、李經羲、楊守敬、陳璧、張之洞、王闓運、劉廷琛、葉德輝、陸樹藩、胡惟德、張百熙、盛宣懷、嚴修、李國杰、余肇康、伍廷芳、載澤、沈雲沛、何乃瑩、惲毓鼎、江瀚、張謇、陳三立、熊希齡、溥偉、嚴復、梁鼎芬、繆荃孫、孫寶琦、俞廉三、沈家本、徐世昌、戴鴻慈、載洵、袁世凱、羅振玉、樊增祥、升允、朱邇典、楊文鼎、姜桂題、吴禄貞、鐵良、陳毅。他們中既有滿洲親貴、京城大佬，也有地方督撫、幕府文人，因爲該册屬於「名人尺牘」一類收藏品，基本上每人一通，至多兩通，内容長短不一，大部分信函屬於通問或請托説項的，當然，也有不少信函談及公務或官場動態，對瞭解和研究當時的政治、社會狀況有一定參考價值。

如岑春煊致端方信寫於光緒二十五年（一八九九），信中批評自陝西境中「驛遞公私各函件，無一件不經拆閲」，懷疑是端方屬下各驛「私行」拆閲信函，委婉要求端方「實事求是，或不容此輩藐法」。雖是公事，語氣不稍見寬和，彼此關係不諧似已見端倪。光緒二十八年（一九〇二）九月，兩江總督劉坤一病逝，湖廣總督張之洞奉旨署理兩江，時任湖北巡撫的端方暫時署理湖廣總督，時人頗有傳言端方將獲實授（後來實際情况并非如此），對此，瑞澂致函端方稱：「此間傳聞，香帥（張之洞）任内公虧不下數百萬金。果有其事，則吾哥接收亦大費躊躇矣。爲數過鉅，一時彌縫實難。不知現在作何計較？愚昧之見，似須自占地步，或設法委曲陳明。」他對端方接受張之洞留下的巨大財政虧空十分擔憂，建議端方儘早準備，「須自占地步」。寶熙寫給端方的信中説：「弟於日昨請訓，所言理財之政居多。蓋深宫注意於新設之商部綦重矣。」兩宫召見寶熙是在光緒二十九年（一九〇三）九月，當時寶熙外放學政，這裏透露出慈禧對設立商部的重視。藏書家陸心源之子陸樹藩捐官道員，指省江蘇，本來一心依靠端方有所出路，不成想端方奉旨由江蘇調任湖南，陸氏在信中嘆言「時不逮志」，「如嬰兒之失慈母，悵悵無依」，把當時候補官員的窘境表現得淋灕盡致。

余肇康的信寫於三十三年（一九〇七）七月初八日，當時正值丁未政潮期間，慈禧已將郵傳部尚書岑春煊外放兩廣總督，朝野頗感意外，故信中云：「朝局一變，初無影響。宸簡密勿，匪夷所思。宗旨安在，明公必有所聞。善化殊眷優隆，然亦孤危甚矣。」此時他還向端方打探消息，殊不知，很快端方就授意惲毓鼎參劾他的親家瞿鴻禨（湖南善化人）。端方與惲毓鼎交誼甚密，督撫任上常以款項資助宦囊羞澀的惲氏。清制，翰林院侍讀學士可外放布政使或按察使，端方督兩江時，惲毓鼎原籍江蘇武進（後寄籍直隸順天府大興），欲謀得江寧布政使，力陳自家從武進占籍直隸已經「五代八十年，累世以官爲家，去鄉已久。甯藩一席，未始不可濫竽也」，懇求端方從中設法，可見清末官場百計營私的風氣。

《端方存札》中也有不少反映清末新事物的信息。張謇與端方都是近代博物館的倡導者，張謇在信中提及洪澤湖清淤時「掘得古棺，長丈四尺」，已托人物色，又在東安縣境廢黃河故址「掘得楠木板，厚七八寸，廣二尺一二至六七寸，長一丈至二丈」，也托人物色。這可能算得上是近代性質的考古事例了。梁鼎芬致函端方推薦黄氏兄弟作爲官費生遊學日本，一向反對用日本新詞的他，也自稱「亦出學界」，以示自嘲，説明當時新名詞的流行已勢不可擋。羅振玉在宣統二年（一九一〇）的信中則反映了敦煌遺書被發現後的情況，信中稱：「昨伯希和有信來，言影片因寫真師身故，致寄出遲滯。」可見。又言：「敦煌藏卷，聞運京者皆完好之卷，其零片斷帙尚多數。此説得之毛實翁之文案劉君，所言必不誤。」這些點滴記載，可謂研究敦煌學的珍貴材料。《端方存札》中還收有一件英國公使朱邇典（John Newell Jordan）寫在名刺上短箋。朱邇典來華，適應京城風習，印製帶有漢名「朱邇典」的名刺，作爲與中國官員交往時用。同樣，他也仿照中國士人，用名刺寫便箋，只不過他是用英文寫就的，這也算是少見的中西合璧的歷史文獻。

總之，《端方存札》所收書信雖然數量有限，却承載着民國收藏的一段歷史，其本身的文獻價值也是獨特和無法取代的。當然，這些書信還需與其他大量的文獻比對和印證，方能瞭解歷史的全貌。隨着信息技術的發展，將藏於各處的端方檔案整合起來，展示於同一個平臺上，便於學者做綜合的研究，這樣的可能性已經離我們越來越近了。

馬忠文

二〇二三年四月六日

目録

端方存札

裕禄（一八四〇—一九〇〇）

喜塔臘氏，字壽山，滿州正白旗人，湖北巡撫崇綸之子。歷任安徽巡撫、湖廣總督、盛京將軍、兩江總督，光緒二十四年（一八九八）任軍機大臣、禮部尚書兼總理各國事務大臣，不久調爲直隸總督兼北洋大臣。八國聯軍攻陷大沽、天津後，在楊村（今武清）自殺。

午橋仁兄姻大人閣下：闊別
芳暉，頻更商律，
秦雲西望，無任依依。辰惟
淑問宏宣，
勛猷益著。
雁銜新製，威儀仰
柏府清風；
（何以未見去信？）

鸞綍榮膺，稠疊拜
楓宸湛露。引詹
喬采，曷罄梟揄。弟忝鎮析津，
倏彌期月。時艱無
補，内顧滋慚。幸海面謐安，年
歲中稔，堪紓
綺注。專泐。恭賀
秋喜，順頌
潭福。不宣。姻愚弟裕禄頓首。

岑春煊（一八六一—一九三三）

原名春澤，字雲階，廣西西林人。雲貴總督岑毓英之子，光緒十一年（一八八五）舉人。庚子年（一九〇〇）慈禧、光緒帝倉皇西狩，岑以甘肅布政使率兵勤王，護駕有功，陞陝西巡撫，官至四川總督、兩廣總督、郵傳部尚書等。辛亥革命後曾參與倒袁運動。曾與孫中山組建護法軍政府，後又勾結軍閥排擠孫中山，自任護法軍政府總裁。晚年退居上海。著有《樂齋漫筆》。

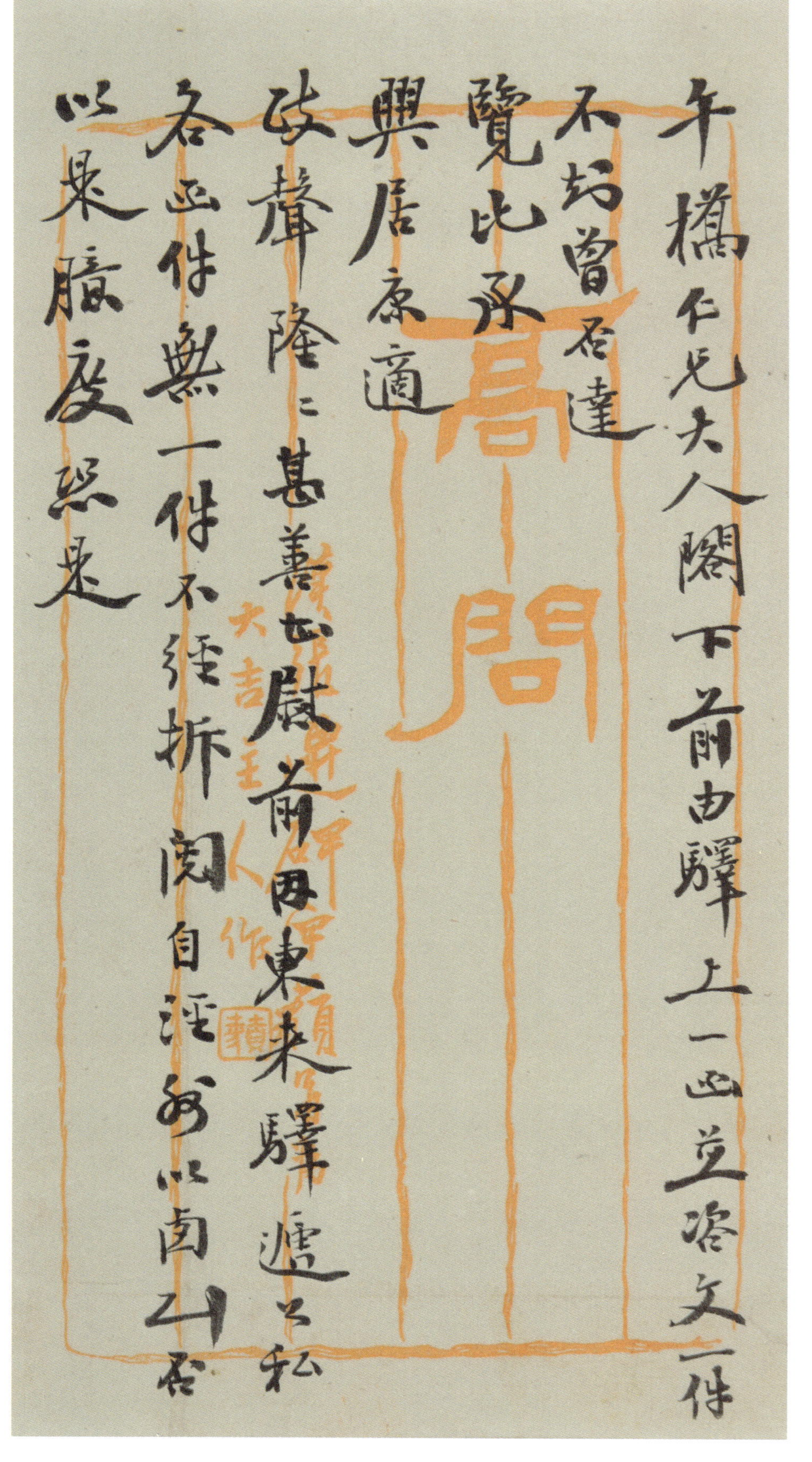

午橋仁兄大人閣下：前由驛上一
函并咨文一件，
不知曾否達
覽。比承
興居康適，
政聲隆隆，甚善甚慰。前因東來
驛遞公私
各函件，無一件不經拆閱，自涇
州以西則否，
以是臆度，恐是

貴屬各驛私行拆閱。聞長武縣歷
來如
此，證以東來各郵封面皆有「前
站送來公文已破，
宜祿驛申」等戳記，則長武拆閱
之説信然。
查私拆公文，律有明禁，吾
兄實事求是，或不容此輩藐法。
近良
鄉驛以沈没欽部要件見諸奏
牘，炎
炎不已，長武恐復效尤。前具咨函，
即懇

台端嚴剔此弊。又恐前件經過該
驛，再
爲拆閲，以不便己，遂不投呈，
用復縷晰函懇，
伏祈
查照核辦。至敂。鄙况如常，公
私犅適。
惟海城一帶，數日前有漏網土匪
數十，肆
行劫掠。嗣經兵勇追勦數十里，
忽然不見
賊蹤。此事殊可笑可憤，文武之
漫不認真，

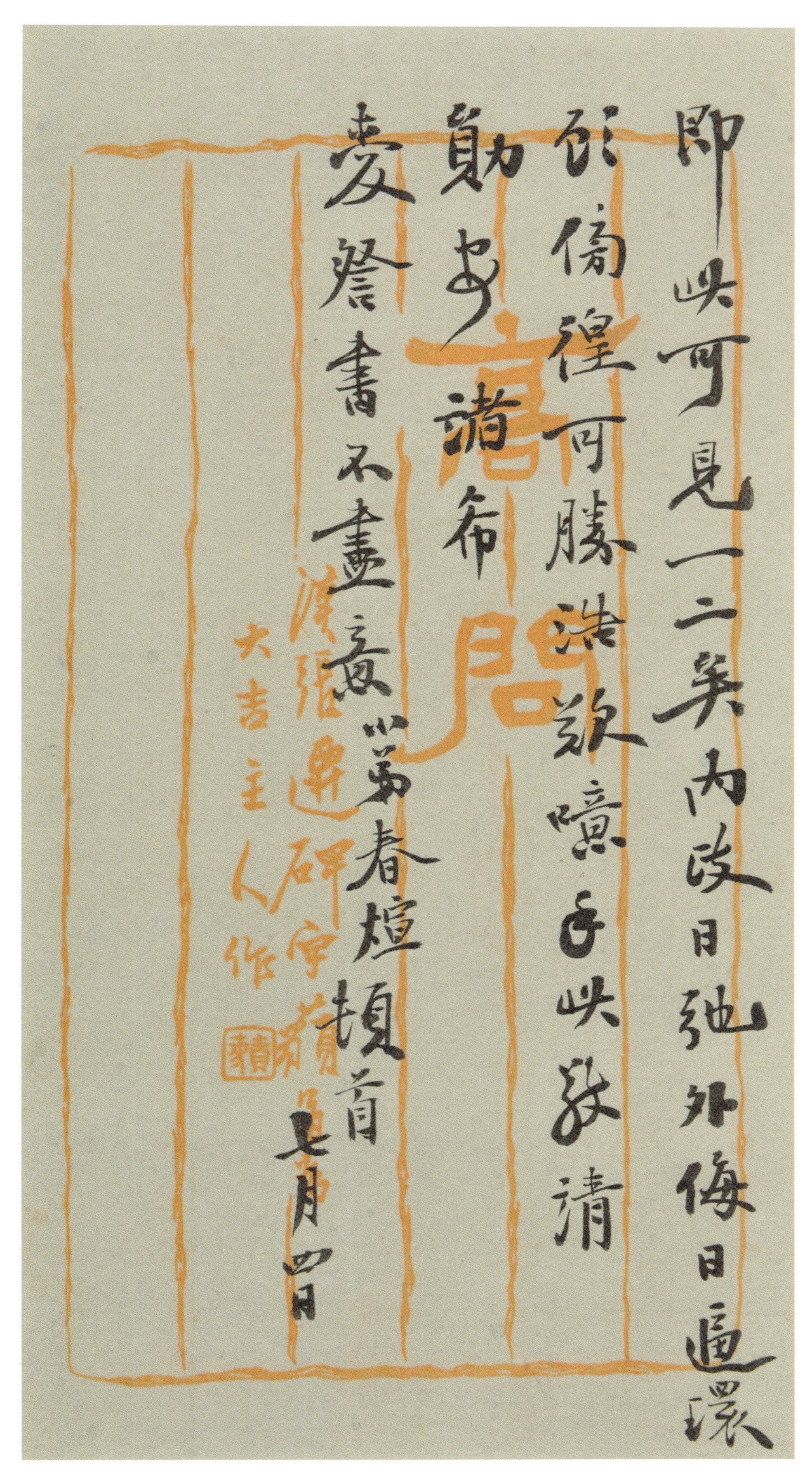

即此可見一二矣。内政日弛，外
侮日逼，環
顧傍徨，可勝浩嘆。噫。手此，
敬請
勛安，諸希
愛察。書不盡意。小弟春煊頓首。
七月四日。

魏光燾（一八三七—一九一六）

字午莊，湖南邵陽人。光緒七年（一八八一）任甘肅按察使，後陞甘肅、新疆布政使。中日甲午戰争，曾募兵北上參戰。後歷任江西布政使、陝西巡撫、陝甘總督、兩江總督等。

午樵仁兄大人閣下：別後函電交
達，近想
勛祉吉羊，
新猷丕焕，以爲頌仰。弟繞絳州
小停一日，初六仍由
侯馬赴史邨，按站前進，十一抵
介休。適闔令從太
原回陜，出胡蘄生中丞覆書，論
鹽觔加價事，又
小有變通。值其解任，以俟來者。
原函附呈。瑣瑣，闔
令當能縷禀也。率泐，敬請
台安。不盡一一。愚弟魏光燾頓首。
九月十一日燈下。

再，昨過仁義鎮，適閻觀察赴河
東道署任，
邂逅相遇，因與暢論加價事。據稱，
擬按名加
銀二十四兩，合每觔二文爲不足、
一文爲有餘，
而仍欲展至明年開辦。頃闢令言
及，此係胡
公意，以告晉中司道者。閻之欲展，
則無非不
始於其署任之時。陝中似可仍以
函牘促之。
胡固囑閻即行詳辦也。此泐，
再請
勛安。弟燾又頓首。

弼良（生卒年不詳）

字澤青，滿州鑲黄旗人。由吏部郎中出任江西饒州知府，後調爲陝西徵稅之官。有文名。

敬肅者：前具函申賀，諒邀
鑒及。會奏事，待委員查覆，往
返函商，恐稽時日，用特備文詳
抒愚
見，静候
尊裁。倘可入告，事關地方，應
請一切由
貴部院主稿。部議予權於外，諒
無異說。府谷漏税一案，蒙
嚴飭尅日派差解關，并暫緩撤參，
先記大過一次。仰見
貴部院一秉大公，無分畛域，振
聵發蒙，俾積年玩抗之風，一朝
丕變，自非
賢明在上，有聽其設詞推諉，任
意拖延耳，終不能懲一以儆百矣。
從此

漏卮漸塞，成效易觀。後任即欲
作虧想，亦無所藉口。是
貴部院體念時艱，鑒整頓榷務之
不易，而大有造於虎關也。
公誼皎然，欽佩無既。該縣耳目
一新，想不日遵札解案到關。以
後情形，
仍當准照
來文，隨時咨會。弟抵差後，時
以短徵爲慮。計現在稅入，幸托
芘蔭，差可全數足額。猥蒙
奬飾，深愧弗勝。惟有矢慎矢勤，
以期仰副
厚望。户部奏准加稅新章，一經
照辦，稅重、價重，必致銷路頓窒，
商賈不

前。此加彼不加，又恐商賈避重
就輕，多方繞越。百思不得善策，
良用躊
躇。尚乞
不遺在遠，遥惠教言，匡其不逮。
謹肅鳴謝，敬請
午橋中丞大人台安，統希
垂鑒，并
恕不莊。愚弟弼良謹肅。

瑞澂（一八六三—一九一二）

字莘如，滿州正黄旗人，大學士琦善之孫。以貢生爲刑部筆帖式，遷主事，陞户部員外郎，歷任九江道、上海道，江蘇按察使、江蘇布政使等職。宣統元年（一九〇九）陞任江蘇巡撫，後調任湖廣總督，參與預備立憲活動。三年會辦粤漢、川漢鐵路事宜。

午橋四哥制軍大人閣下：昨塵寸
稟，祗頌
崇禧，諒邀
青睞。此間傳聞，香帥任内公虧
不下數百萬金。
果有其事，則吾
哥接收亦大費躊躇矣。爲數過鉅，
一時彌縫實
難。不知現在作何計較？愚昧之
見，似須自占
地步，或設法委曲陳明。吾
哥雖察察不矜，度早見及於此，
無待緦緦

過慮也。茲有緊要之事，借重
鼎力贊成。緣窑廠向爲孫詞臣觀
察承辦，
車輕路熟，經費尚不虚靡。弟抵
任後，欲
考求其中利弊，故舉以畀徐擇聲。
詎今
年
傳辦三單，全是祭器，件數較多，
比之往年多至一倍。綜
計用項，實賠去五千餘金。昨又
接内務府
來文，飭辦祭器六單，件數尤多。
照此核算，

不幾要賠萬金以外乎？輾轉思之，
實深悚
懼。查前任亦有藉口賠累者，其
實未常賠錢，
不過未剩錢耳。此次因報銷不獲
多開，遂至
虧累如許。後患方長，作何了局？
道缺業形瘠
苦，已有入不敷出之勢。舍間自
遭兵燹，元氣頓
傷。漏卮忽來，無力能塞。即以
祭器而論，六單
飭廠承估，須八千金，而報銷僅
能四竿。前次詞臣
觀察來潯，云二千餘金即可燒造。
實因在廠年

久，素加考查，洞明陶政，故能
舉重若輕，獨得奧
妙，不比初次接辦者茫無把握也。
再四籌畫，惟有
仍請詞臣承辦，於貢物決無遲誤，
於弟私累更
可少輕。前經托友函達，訖未接復。
若再函詢，恐
以沙市莅差，不能兼顧爲辭。特
重懇吾
哥代爲婉致，俾可轉圜。倘詞臣
仍以沙市爲言，乞
准於每年春夏秋三季來廠數次，
於鹽務既不曠
公，於窑廠更獲裨益。夙荷

關垂逾格，務叩
代爲聘延。此次吾
哥吉座允升，渠必晋省謁賀。
乞與
面言之，重以
鈞命，必於事有濟。一俟奉到
回諭，即繕關書，專函往訂。事
關貢物，務乞
成全，不勝屏營之至。謹肅奉懇，
敬請
勛安，伏維

垂鑒。弟瑞澂謹禀。九月十四日。
弟婦率兒女輩隨叩。
伯母大人膝前金安，
四嫂大人坤安，
世兄清吉。
再禀者，上年已與詞臣說明，倘
今年窑廠辦理不好，以後仍請
幫助接辦。當蒙詞臣允諾，諒此
次或不致失信於弟，重以
鈞命，必能於事有濟。弟又禀。

鈐印：
瑞澂之印（白文方印）
書中不盡心中事（朱文方印）

陳夔龍（一八五七—一九四八）

字筱石，號庸庵，貴州貴陽人。光緒十二年（一八八六）進士。初佐李鴻章辦理外交，嗣任順天府尹，累官至四川總督、直隸總督兼北洋大臣。清亡不仕，以遺老終。著有《夢蕉亭雜記》等。

午帥仁兄大人足下：頃奉
惠書，備承
眷注，欣荷良深。敬維
雄據上游，
揚聲中外，
勛高保障，頌洽囊軒。弟忝膺
疆寄，近接

棠封，祇以豫省風氣未開，百爲
待舉，規摹
閎略，學步未工，滋用慚惕。
頗企
指南，翹懃曷已！令弟叔絅兄
才長守潔，榷課精嚴，深資
借重，行當蔚爲時棟，佩戢
莫名。家兄夙隸

仁帡，感承
煦植。一官謁選，捧檄之期，
殊亦
非易。舍侄昌穀年已及冠，[illegible]知
嚮學，前考取鄂省普通中
學堂，兹令由豫回鄂，入堂肄
業。諸希
推愛關垂，勤施

繩督，俾益奮勉，底於有成，

同此

紉荷。王守少侯早承

青睞，近在敝處，頗復相得。

尊函已傳示矣。時局日棘，殊

切杞

憂。我

公愛

國精神，必有遠略。望隨時

祕示一二爲禱。耑此肅復，敬請
勛安，統惟
亮鑒。
愚弟陳夔龍頓首。

孫家鼐（一八二七—一九〇九）

字燮臣，號蟄生，晚號澹静老人，安徽壽州人。咸豐九年（一八五九）狀元。累官工部尚書、禮部尚書、文淵閣大學士、武英殿大學士等。戊戌變法時主辦京師大學堂。曾與馬吉森創辦安陽廣益紗廠。

午橋賢弟大人閣下：頃奉
還雲，具聆壹是。敬惟
勛猷懋介，
福祉綏和，慰頌無似。此次考試
經濟科取
録甚嚴，
令弟得一即補班，頗有實惠，可
爲欣賀。方玉山

庶常（名履中）得授編修，可免散館，亦大好事。方太史本是寒士，向以館穀爲生。此時將當京官，頗慮長安之居不易，南遊於楚，囑愚兄爲之先容。將來
晋謁時，祈
賜垂照爲幸。手肅，即請
台安。不一。愚兄家鼐頓首。八月七日。

李端棻（一八三三—一九〇七）

字苾園，貴州貴筑人。同治二年（一八六三）進士。官至内閣學士、刑部侍郎、禮部尚書。光緒二十二年（一八九六），疏請設立京師大學堂及各省學堂。曾密舉康有爲與譚嗣同。變法失敗後，被褫職遣戍新疆。光緒二十七年（一九〇一）赦歸故里，主講貴州經世學堂。

午橋仁兄大人執事：六月内曾布寸啓，交百川通信局帶寄，想邀鑒及。敬維福同月滿，節比秋清，際兹爽氣澄明，定卜恩光洊至，引詹台曜，允符頌私。頃管解雲南軍裝委員、候補府經歷李君明經抵黔，送到敝通家胡鋭生來書。閱知其按試省外各郡，道出魏興，適湖北候補知府、敝通家趙子燦在彼處收釐，因將百金交鋭生帶回省，轉懇費心遇便寄黔。兹據該委員將前款如數交來，并云係由貴署發下諭寄之款，須取回信方可銷差。又云此次奉委解雲南軍裝，只解至貴州鎮遠府，交投清楚即可折回本省。因奉

諭帶百金，一時難於覓寄，遂自
備川貲，親送至省
云云。弟聞信之下，鄙懷深抱不安，
當即稍盡薄情，
該委員堅辭不受，其意蓋別有在
也。諒在
洞中，無庸贅及。該委員籍隸敝省，
情不能却。亦因
渠索回書，隨録數語，交其帶呈。
可否
推愛照拂之處，伏祈
酌裁，不敢有奢望也。舍弟仰承
青睞，權篆房邑。近聞因丈量地
畝辦理不善，幾

釀事故，有負
委任，惶愧莫名。惟希
大度優容，進而教之，不至投閑
置散，是則心
香一瓣所上禱者耳。手肅布臆，
虔請
勛安，并賀
秋釐，統惟
朗照。不莊。
愚弟李端棻頓首。癸卯中秋後三
日，自黔垣泐寄。

寶　熙（一八七一—一九四二）

字瑞臣，號沈盦，滿州正藍旗人。光緒十八年（一八九二）進士。官至總理禁烟事務大臣。民國成立後，任大總統府政治顧問、約法會議議員、參政院參政等。僞滿洲國成立後，曾任内務府大臣等。善詩文、書法，富收藏。著有《沈盦詩文稿》《工餘談藝》等。

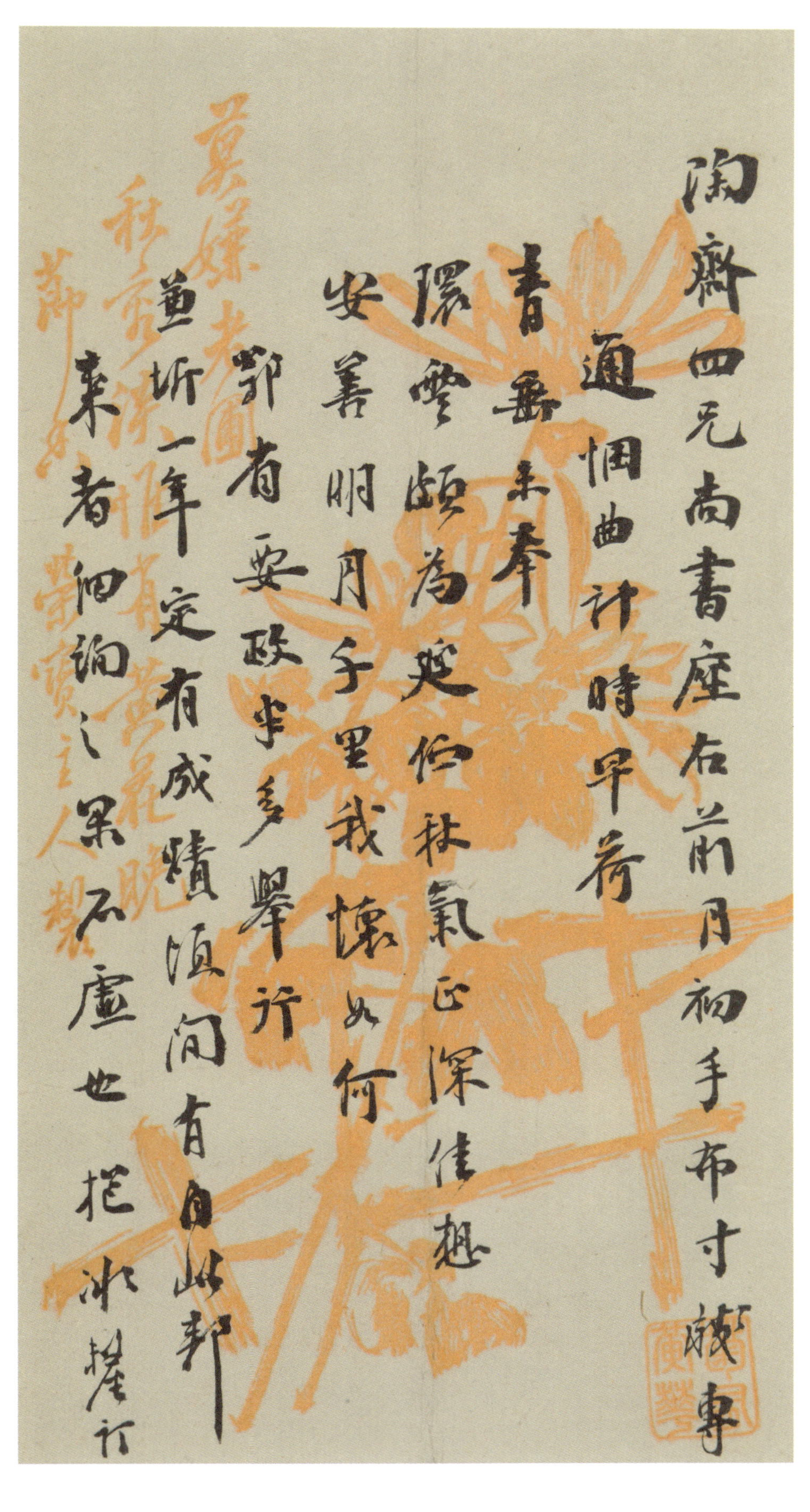

陶齋四兄尚書座右：前月初手布
寸箋，專
通悃曲，計時早荷
青垂。未奉
環雲，頗爲延佇。秋氣正深，
佳想
安善。明月千里，我懷如何？
鄂省要政，半多舉行，
兼圻一年，定有成績。頃間有自
此邦
來者，紐詢之，昗不虛乜。抱冰
鳌訂

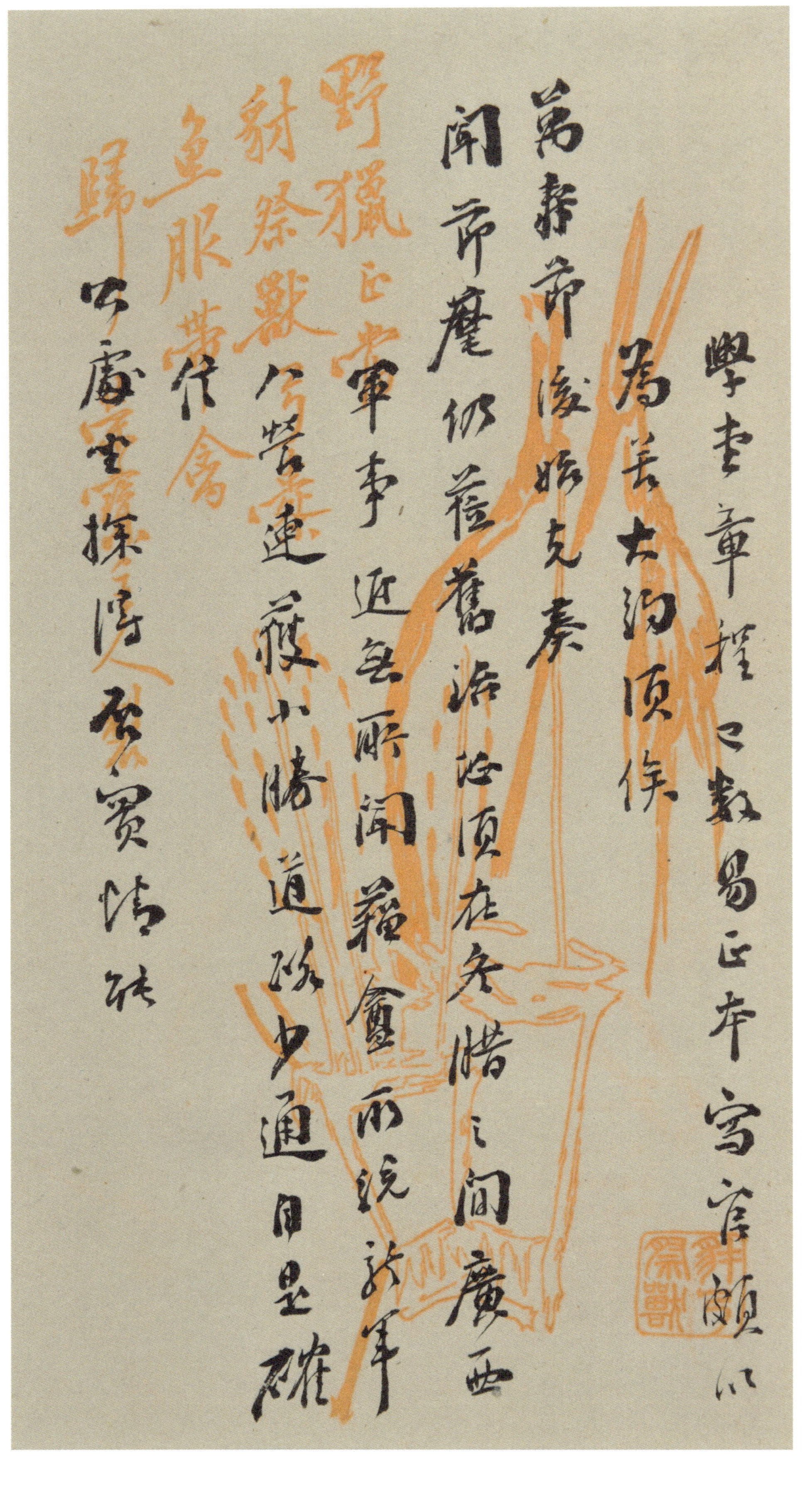

學堂章程，已數易正本，寫官
頗以
爲苦。大約須俟
萬壽節後，始克奏
聞。節麾仍莅舊治，恐須在冬腊
之間。廣西
軍事近無所聞。蘇龕所統新軍
八營連獲小勝，道路少通，自是確
信。
公處坐探得否實情，能

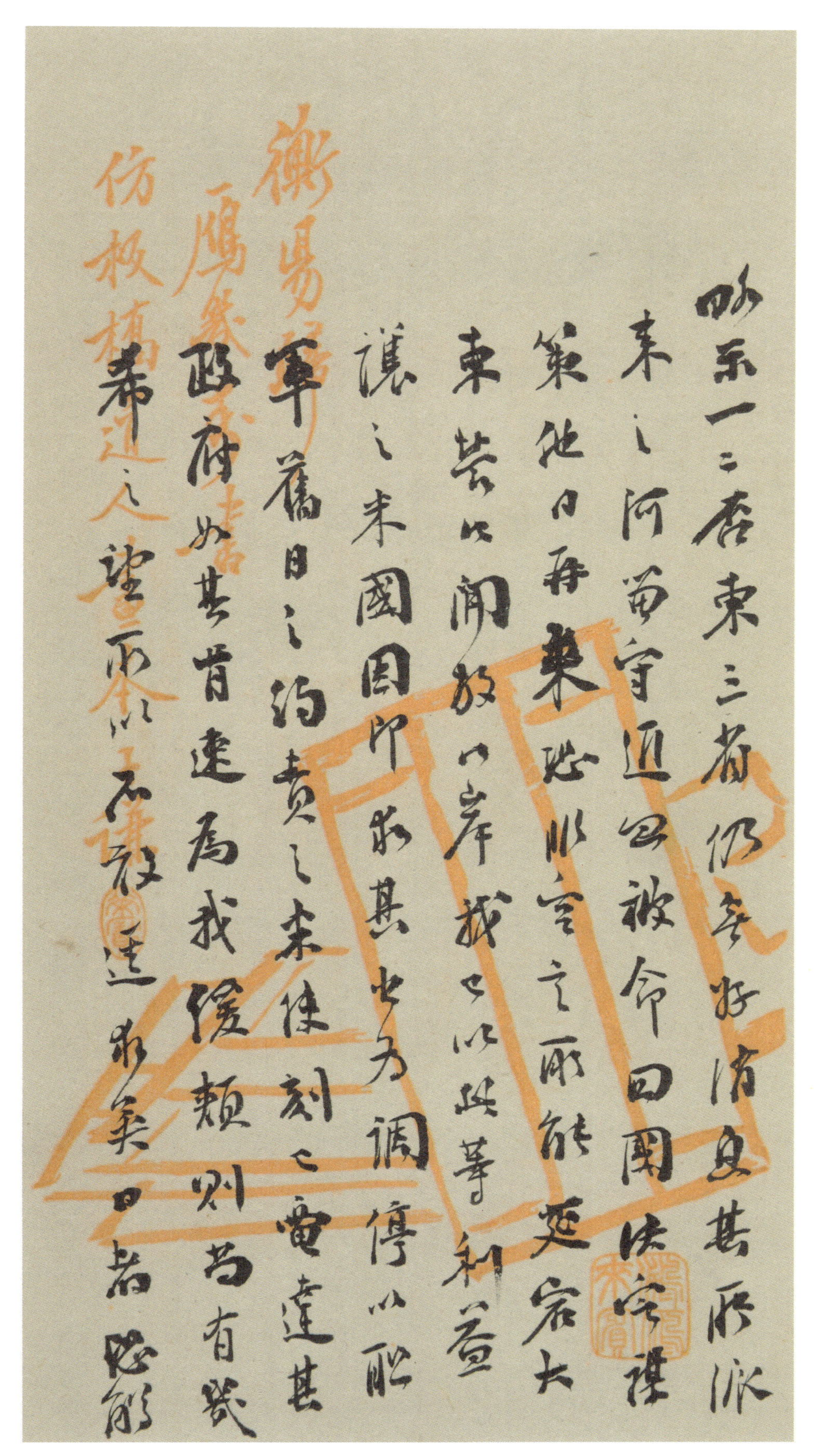

略示一二否？東三省仍無好消息。其所派
來之河留守，近忽被命回國決定謀
策，他日再來，恐非空言所能延宕。大
東營口開放口岸，我已以此等利益
讓之米國，因即求其出爲調停，以聯
亘舊日之約責之。兴使刻已電達其
政府。如其肯速爲我緩頰，則尚有幾
希之望。所以不敢遥求英、日者，恐觸

彼之怒耳。此節日前聞諸要人，不知將來能有轉圜之想否？弟於日昨請訓，所言理財之政居多，蓋深宫注意於新設之商部綦重矣。兹有懇者，門人楊儀曾比部熊祥，以春官聯捷，用爲刑部主事。今秋八旗中學堂陳、彭兩分教赴汴應試，弟約其到堂署理教員兩月，頗爲諸生所悦服。其人學有根柢，志遠思深，亟願游學東洋三

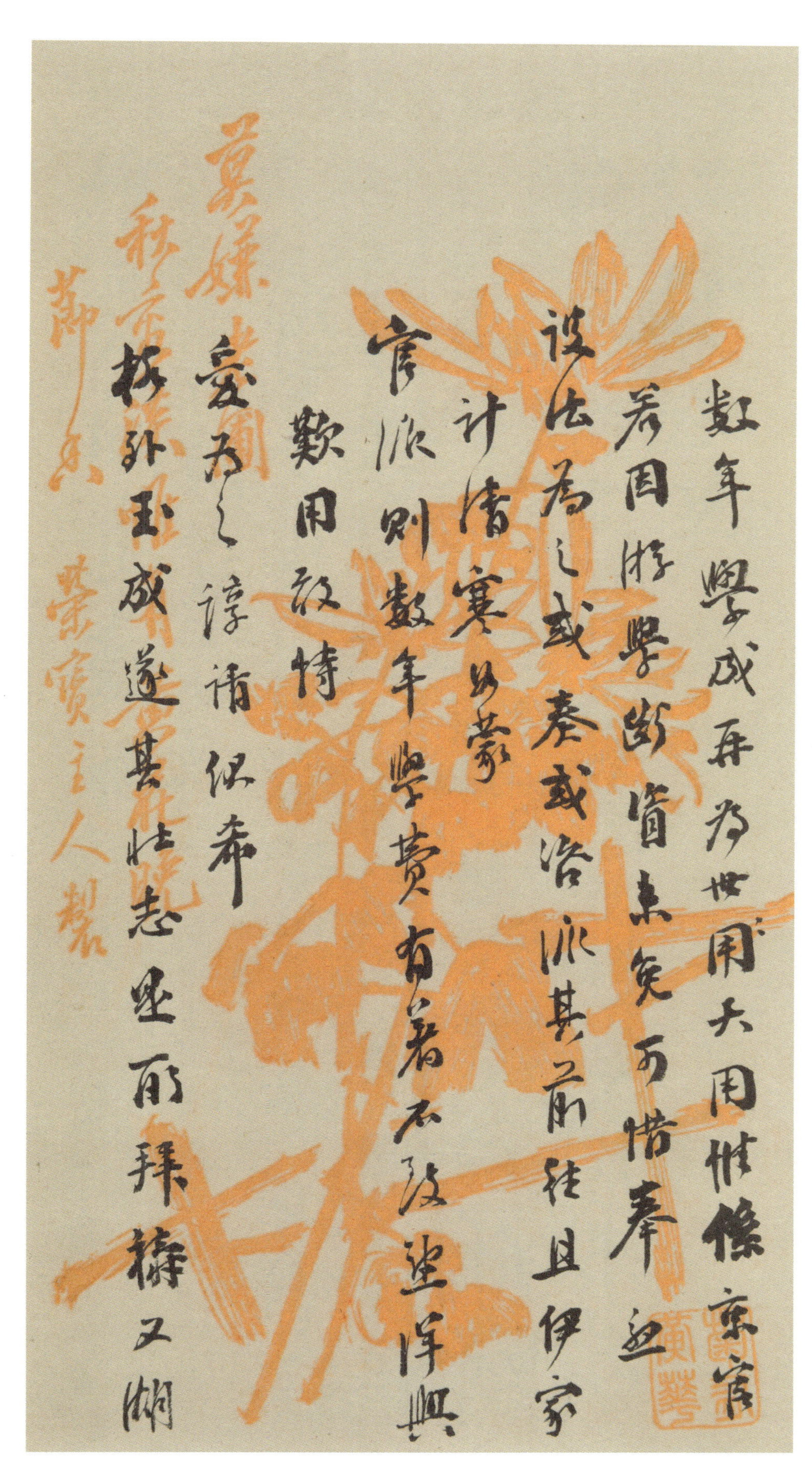

數年，學成再爲世大用。惟係京官，
若因游學斷資，未免可惜。奉懇
設法爲之或奏或咨，派其前往。
且伊家
計清寒，如蒙
官派，則數年學費有著，不致望
洋興
嘆。用敢恃
愛爲之諄請，伏希
格外玉成，遂其壯志，是所拜禱。
又湖

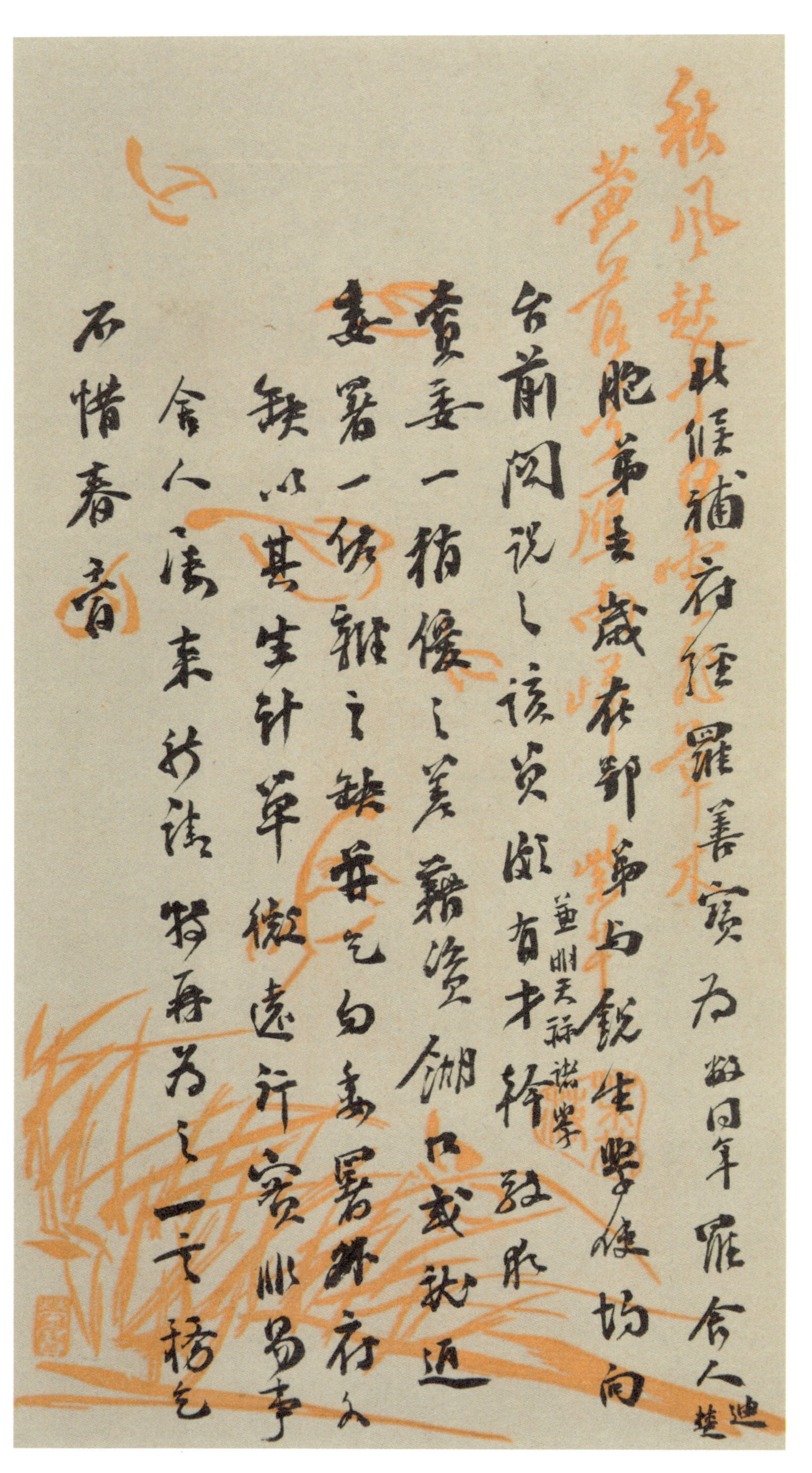

北候補府經羅善寶，爲敝同年羅
舍人迪楚
胞弟。去歲在鄂，弟與鋭生學使
均向
台前關説之。該員頗有才幹，（兼
明天算諸學。）敬求
賞委一稍優之差，藉資餬口。或
就近
委署一佐雜之缺，并乞勿委署外
府各
缺。以其生計單微，遠行實非易事。
舍人屢來祈請，特再爲之一言。
務乞
不惜春膏，

惠此小草，則彼一家均戴
德無量矣。弟準於廿四出京，初
膺此任，
深懼弗勝。我
公必有以教我，盼切之至。前索
各書，如能
月內
寄賜，尤感
隆情。又，向節盦前輩處定購各書，
刻下學堂需用甚亟，并求

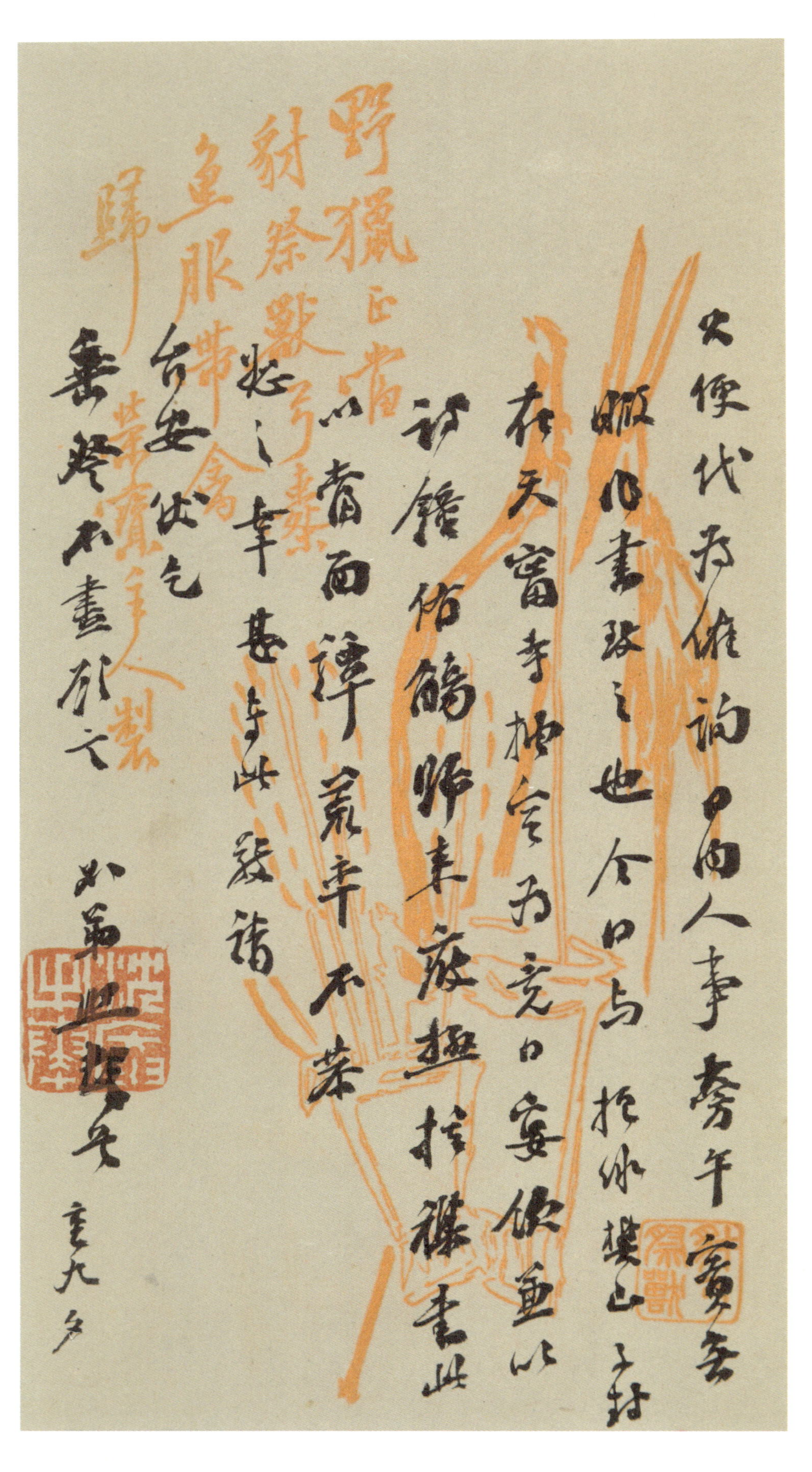

公便代爲催詢。日内人事旁午，
實無
暇作書致之也。今日與抱冰、樊山、
子封
在天甯寺，抽空爲竟日宴飲，
兼以
詩鐘侑觴。歸來疲極，拉雜書此，
以當面譚。荒率不恭，
恕之幸甚。專此，敬請
台安，伏乞
垂察。不盡欲言。如弟熙頓首。
重九夕。
鈐印：沈庵手奉

李經羲（一八五九—一九二五）

字仲仙，安徽合肥人。李鴻章之侄。歷任道員、湖南按察使、雲南布政使，廣西、雲南巡撫，宣統元年（一九〇九）任雲貴總督，在任上開辦雲南講武堂，并兼任總辦。民國成立後，曾任國務總理兼財政總長。

午帥仁兄年世大人節下：敬啓者，
兹有
運解貴州軍械委員、試用巡檢熊
其光
禀稱，由香港購辦老毛瑟槍壹
千桿、
子彈三十萬，又來福銅帽槍壹千
桿，均經
轉運到鄂，現雇麻陽船五隻，一
俟裝載
齊備，即日由鄂入湘，運赴貴陽。
刻下已交
秋末，常德以上水涸灘多，若行
駛過遲，
最易遇險。且現當瘴毒漸開，紅
河枯淺，

桂邊賊匪往往乘此機勢，分股竄擾，黔
境諸邊防務戒嚴，需用軍械尤急，懇請
商借官輪船，迅將械舟拖送湖南臨資
口，以免渡湖險阻等因。經義覆查，情形
屬實，已於前日謁晤時面求
賜借輪船，拖帶該舟前進。仰蒙
鈞座允諾，不勝銘感之至。謹再肅箋陳
請，飭熊委員於軍械船隻將發之

前一日，賫函投謁
鈴轅，面禀一切，祇候
命令，以利遄行。臨楮多瀆，并
鳴謝悃。
敬叩
勛綏，諸惟
亮鑒。不莊。
世年愚弟李經義頓首。
九月十五日倚裝。

楊守敬（一八三九—一九一五）

字惺吾，晚號鄰蘇老人，湖北宜都人。同治元年（一八六二）舉人。光緒六至十年（一八八〇—一八八四）充駐日公使隨員時，致力搜集流散於日本的古籍善本，撰有《日本訪書志》，并助黎庶昌輯刻《古逸叢書》。精金石輿地之學，擅書法。著有《水經注疏》《隋書地理志考證》《學書邇言》等。

匋齋尚書大人鈞座：昨承
賜碑拓本，謝謝。本擬即撰題識，
緣近爲柯慎菴作本草札記，頗
費時日，且天氣嚴寒，十指如椎，
未克執筆，稍緩報
命，想不以爲過也。啓者，聞
本屆
科場薦卷，有擇取年少
者挑入學堂之說。茲有武昌縣附
生湯濯錦，年二十一歲，本年

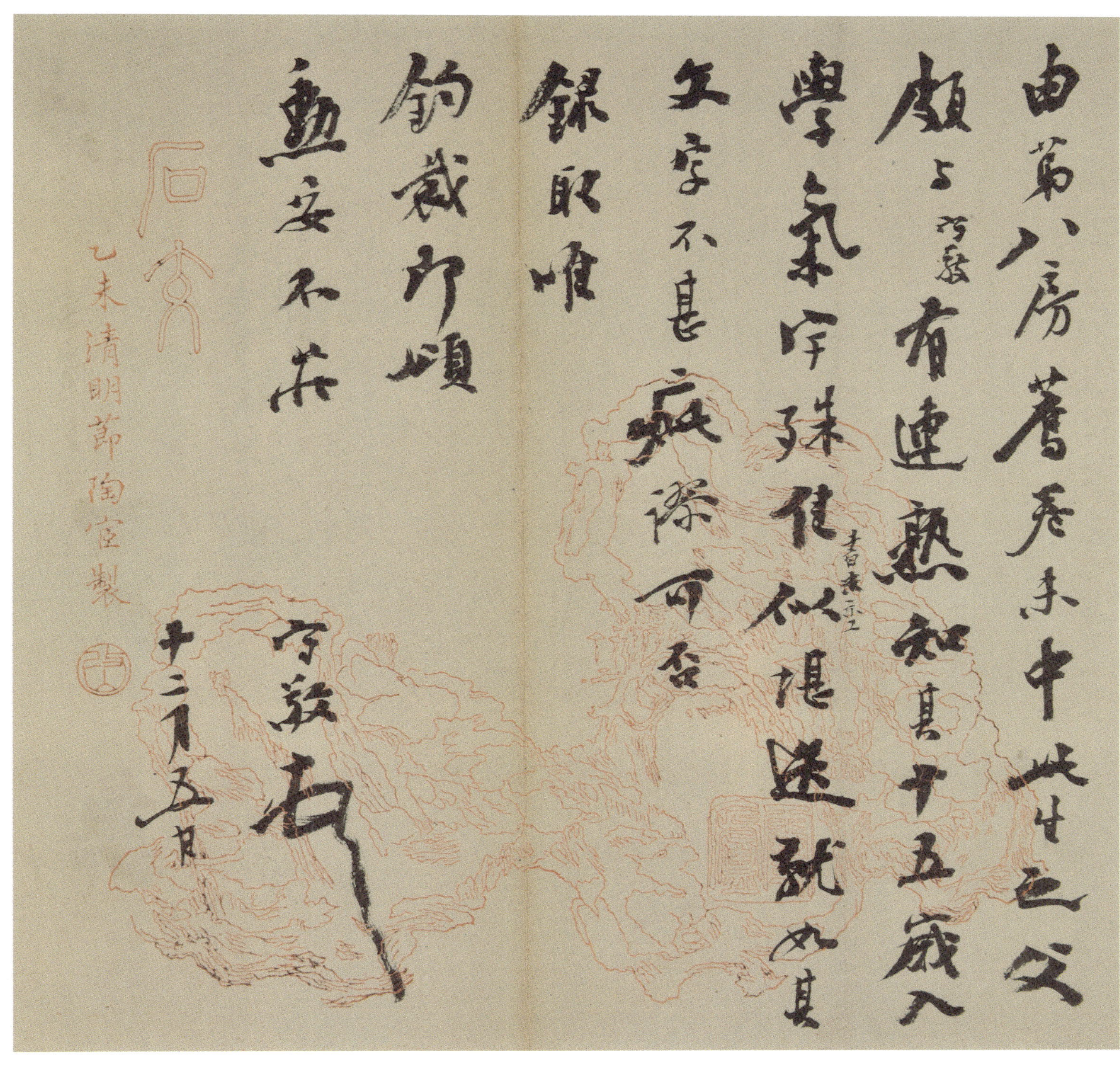

由第八房薦卷未中。此生之父
頗與守敬有連，熟知其十五歲入
學，氣宇殊佳，書法亦工，似堪
造就。如其
文字不甚疵謬，可否
録取，唯
鈞裁。即頌
勛安。不莊。守敬頓首。
十二月五日。

陳璧（一八五二—一九二八）

字玉蒼，晚號蘇齋，福建閩侯人。光緒三年（一八七七）進士。歷官至商部侍郎、郵傳部尚書兼參預政務大臣。著有《望岩堂奏稿》。

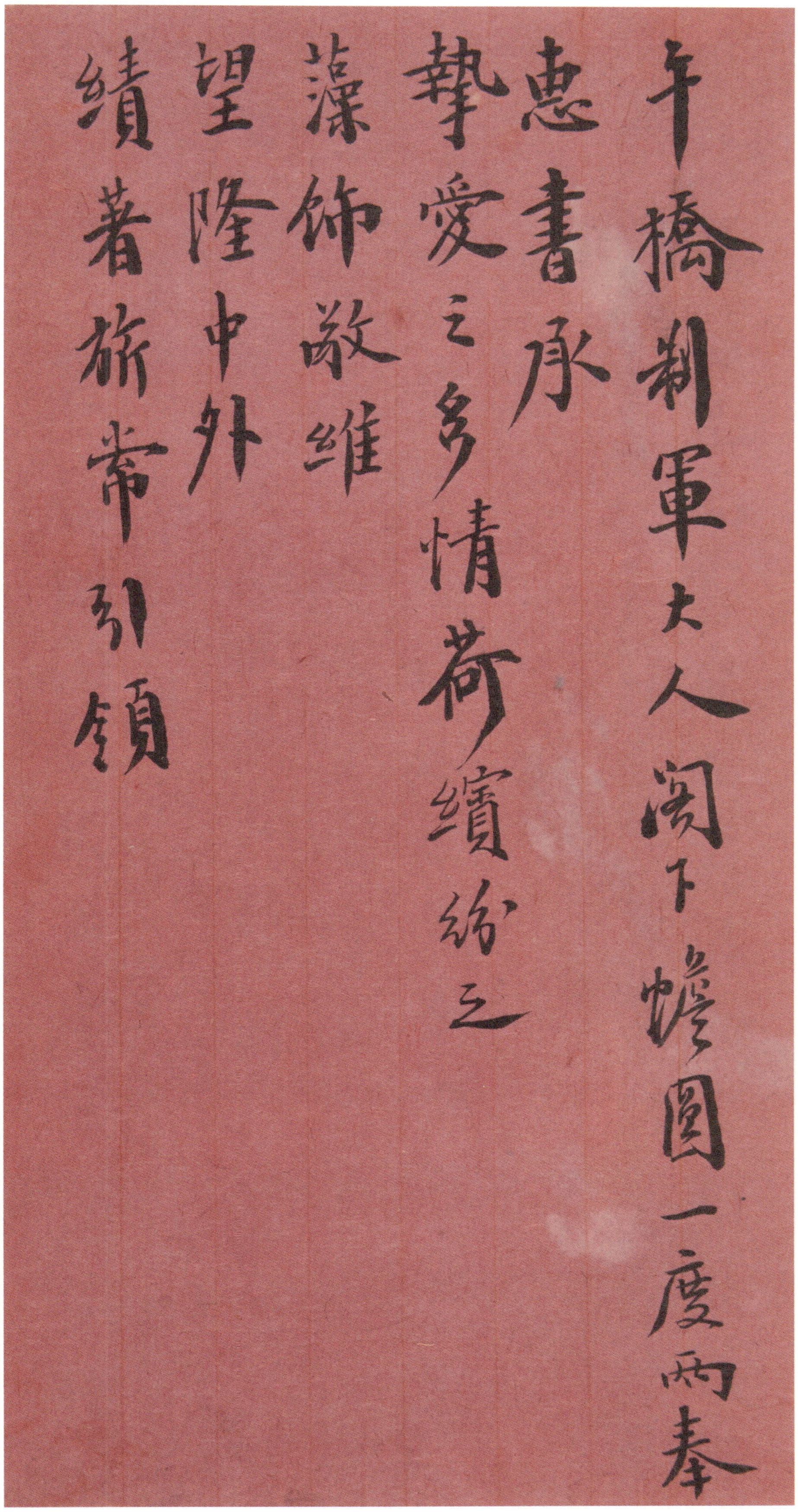

午橋制軍大人閣下：蟾圓一度，
兩奉
惠書。承
摯愛之多情，荷繽紛之
藻飾。敬維
望隆中外，
績著旂常，引領

節旌，傾心禱頌。舍弟識短才疏，
辱承
樾蔭。到鄂以後，屢函囑其勤
慎奉
公。乃蒙
委派釐差，五中銘鏤。該處地
蜀要
衝，於
國計民生尤有關繫。飭令努力加

鞭，仰副
栽培至意。諸望
訓示，俾有遵循，至感至感。弟
忝預商
政，涓效未伸，幸貝子尚書及伍
秩翁
深識遠圖，同舟共濟。惟事經創始，
擘畫良艱，非提倡於上，鼓舞於

下，不足以籌抵制而塞漏卮。擬
先勸
設商會，廣集公司，雖成效難
必崇
朝，合群斷資前導。鄂中商務繁
衍，幸經
宏才恢拓，咸與維新。逖聽下
風，夙
深欽佩。仍乞時

惠教言，藉開鄙愫，是深企
禱。耑
泐鳴
謝，敬請
勛安，并賀
年禧。唯
鑒弗宣。弟陳璧頓首。

張之洞（一八三七—一九〇九）

字孝達，號香濤、壺公、抱冰等，謚文襄，直隸（今河北省）南皮人，生於貴州興義。同治二年（一八六三）進士。累官山西巡撫，兩廣、湖廣總督、兩江總督，體仁閣大學士、軍機大臣。早期爲清流派中堅。後所至提倡經世實學，創辦多所書院學堂及實業，爲洋務派代表人物之一，主張「中學爲體，西學爲用」。有《張文襄公全集》等行世。

請開復蔣楷、袁世敦會奏稿，呈請
改定。摺尾請交山東覆查一層，
稍參活筆。
卓見以爲何如？并祈
裁示。祇請
陶齋仁兄大人午安。弟洞頓首。

王闓運（一八三三—一九一六）

字壬秋，號湘綺，湖南湘潭人。咸豐二年（一八五二）舉人。曾入曾國藩幕，後歷主四川尊經書院、長沙思賢書院、衡陽船山書院等。光緒三十四年（一九〇八）授翰林院檢討，加侍讀銜。民國任清史館館長。爲學宗今文經學，詩文仿漢魏六朝。著作宏富，有《湘軍志》《湘綺樓詩文集》《湘綺樓日記》等。

陶齋尚書使公節下：於例當有「先生」字樣，以梁太守已有此銜，未使相奉。别後遂未再書，緣扶風銅器文久未報，恐惹僨帥徒瞻望欽欽耳。長江既有洋人盤詰，章門兩行均取陸道，又不能再從材官。昨見美除，知當暫訪夫差，一搜珍寶，欣然有執鞭之願，而抱冰抱柱，尚無還期，向後夏

氣更深，不宜游歷，秋間復恐
移鎮，因此不能不通書，鄙況有
復心面陳。
茲特寄上拙著《春秋》《尚書》
各一部，少酬
高厚。程雒安在此得一見，酒量
大不及去年。
闓運仍然頑固，但惜次山之去，
未能得頑
固名耳。專頌
道安。不具。闓運再拜。四月
十六日。

劉廷琛（一八六七—一九三二）

字幼雲，號潛樓，江西德化人。光緒二十年（一八九四）進士。歷任山西學政、陝西提學使、學部副大臣等。任京師大學堂總監督時推行分科教育，爲中國近代開創分科教育第一人。有《潛樓文稿》行世。

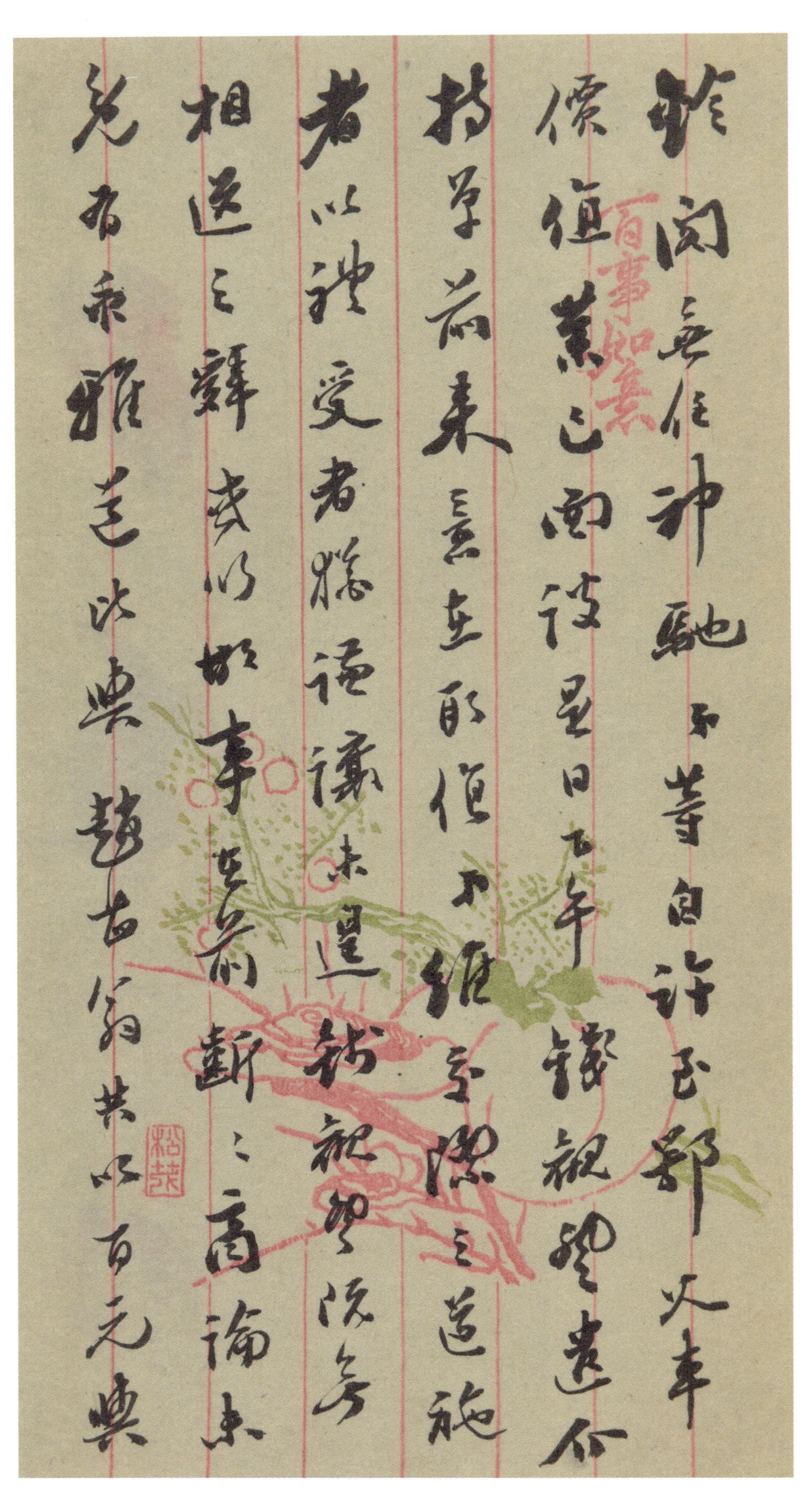

鈴閣，無任神馳。弟等自許至鄂，火車
價值業已面談。是日下午，錢觀察遣介
持單前來，意在取值。弟維交際之道，施
者以禮，受者猶謙讓未遑。錢觀察既無
相送之辭，或以故事在前，斷斷商論，未
免有乖雅道。比與趙芷翁共以百元與

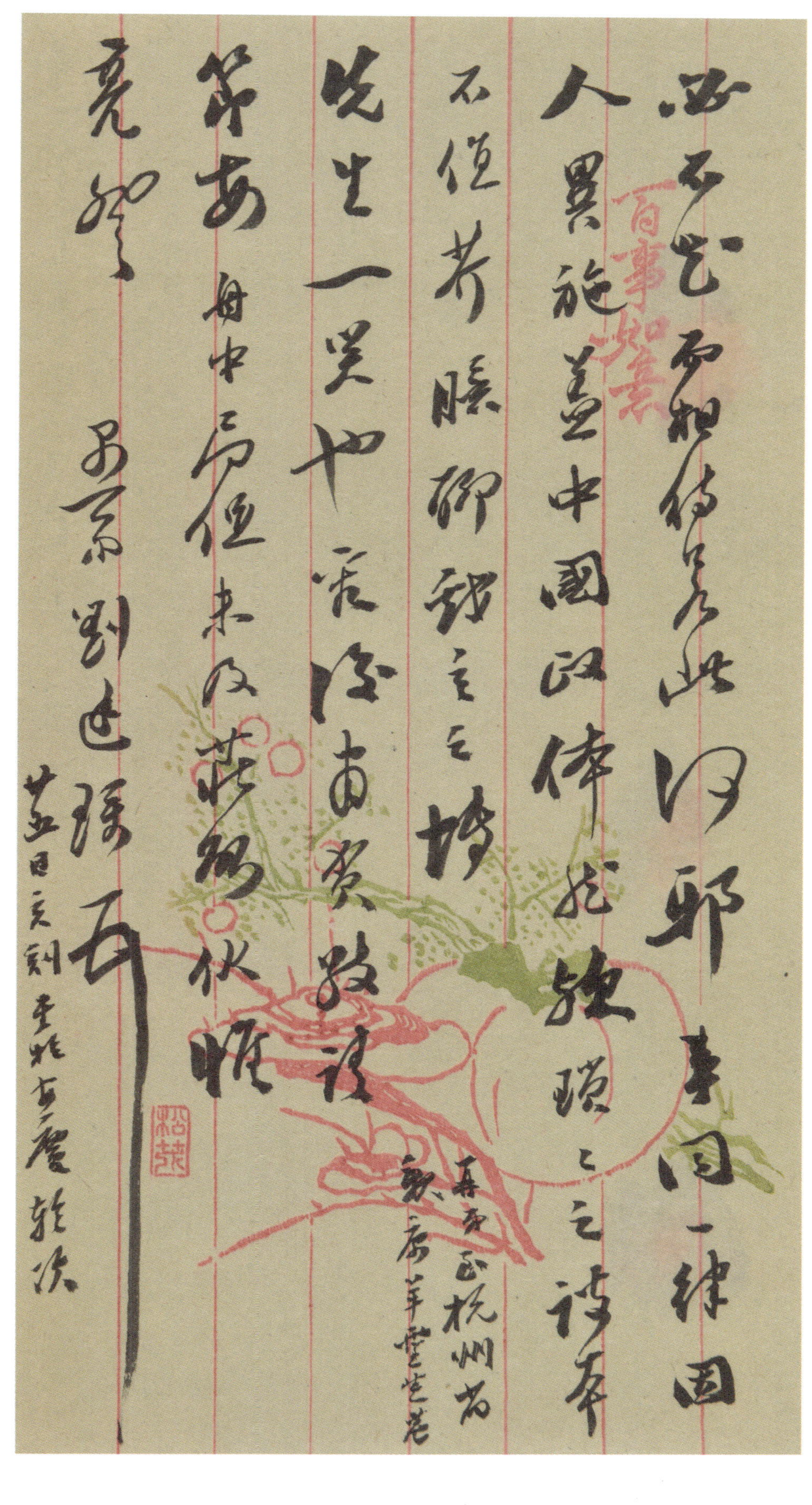

必不知而相待若此，何邪？事同
一律，因
人異施，蓋中國政體然歟。瑣瑣
之談，本
不值芥臆，聊戲言之，博
先生一笑也。容後肅賀，敬請
節安。舟中局促，未及莊啓，
伏惟
亮察。愚弟劉廷琛頓首。
廿五日亥刻書於安慶輪次。
再，弟至杭州，尚就寓羊靈芝巷。

葉德輝（一八六四—一九二七）

字奂彬，號郎園、麗樓主人，原籍江蘇吴縣，落籍湖南湘潭。光緒十八年（一八九二）進士。初爲吏部主事，旋返長沙，致力於古書收藏和刻書。民國十六年（一九二七）因反對北伐及農民運動而被殺。著有《書林清話》《郎園讀書志》等，輯刻有《郎園叢書》《雙梅景闇叢書》等。

陶齋尚書大公祖大人鈞鑒：昨有芻蕘之獻，諒蒙采録。數日以來，風謡猶未息，後患更宜防。如公忠君愛國，固必有策以處之矣。城内開洋行之事，英領似有轉圜之機。公與之再見，告以湘紳素來敬服英國之文明，近日于豫亨泰一事，頗與平日湘紳優待之心反對，非獨失湘英之交情，損文明之名譽，且恐將來轉與法、德、俄相忌之國相聯，於英國揚子江上游

利權損礙。不如將豫亨泰移居外
城，俟租界定
妥，遷入租界。何必袒護一流氓
之貝納賜，使日後
富商入境，轉以貝納賜爲比例，
而不能取信于湘
人云云。（輝即以此言動之，必藉
公再申明之以取信。）此以情理動
之，又餌之以利權所在。彼果
熟權利害，亦必欣然樂從。至德
國爭持，則延興阿
可以介紹。其間措詞、權變，
又在
公謀國之忠，賤子無所建白矣。
專柬，恭叩
鈞安。德輝頓首。

月之二十五日，恭逢
伯太夫人壽辰，湘紳公舉，謀爲
侑觴之敬。輝向例
不入公局，
公所深知。然秀才人情，惟有文字。
泮宫之頌，于
經有徵。謹集玉谿生句爲聯，壽
燭兩柱。燭、祝同
聲，亦循俗例。
公他日出將入相，即以斯聯爲左
券。名從主人，且
以别于尋常之憲老太太也。輝
再拜。

陸樹藩（一八六八—一九二六）

字純伯，號毅軒，浙江歸安人，陸心源之子。庚子年（一九〇〇）創設救濟善會，參與營救八國聯軍進攻天津、北京時滯留在京的南方官員商民。光緒二十八年（一九〇二）任江蘇候補道，卸任後居於上海。光緒三十三年（一九〇七）將皕宋樓藏書售與日本静嘉堂文庫。

午帥大人閣下：在京曾上兩稟，諒邀鈞鑒。值此時事艱難、有岌岌可危之勢，封疆重任，猶復以一己之私，紛紛更調，亦無所謂因地擇人、因人擇地。朝廷之用人如此，安望其能振興乎？職道滿腹不平，未敢著紙，致疏啓候，負

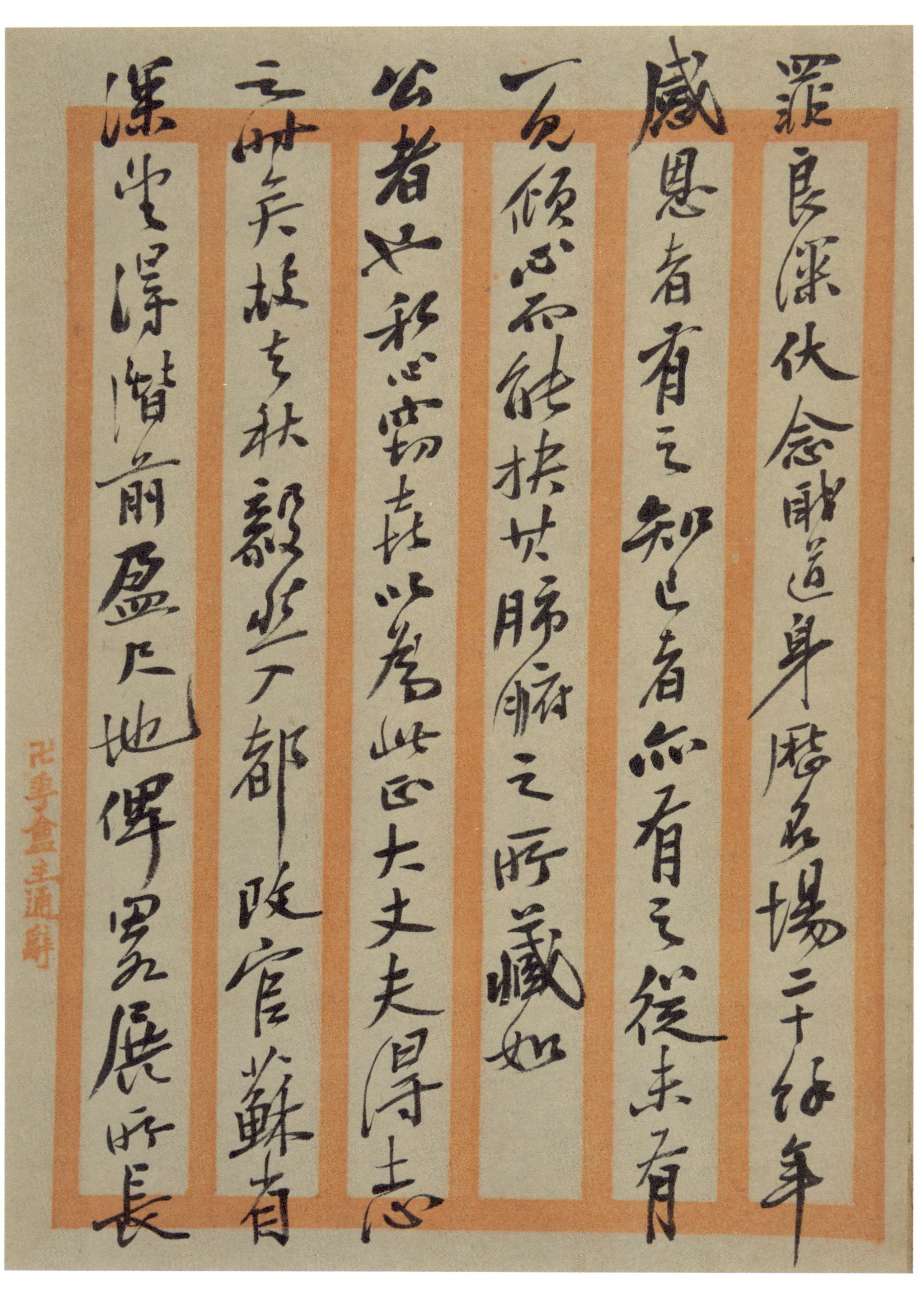

罪良深。伏念職道身歷名場二十
餘年，
感恩者有之，知己者亦有之，從
未有
一見傾心而能扶其肺腑之所
藏如
公者也。私心竊喜，以爲此正大
丈夫得志
之時矣。故去秋毅然入都，改官
蘇省，
深望得階前盈尺地，俾略展所長。

詎料時不逮志，
公忽移撫湘楚，如嬰兒之失慈母，
悵悵
無依。不得已逗留京師，倏忽
半載。因
憑限已迫，未能再延，始於前月
南歸，
到省繳照。自知隨班聽鼓，實非
所長，
當即乞假家居，暫藏鳩拙。惟望

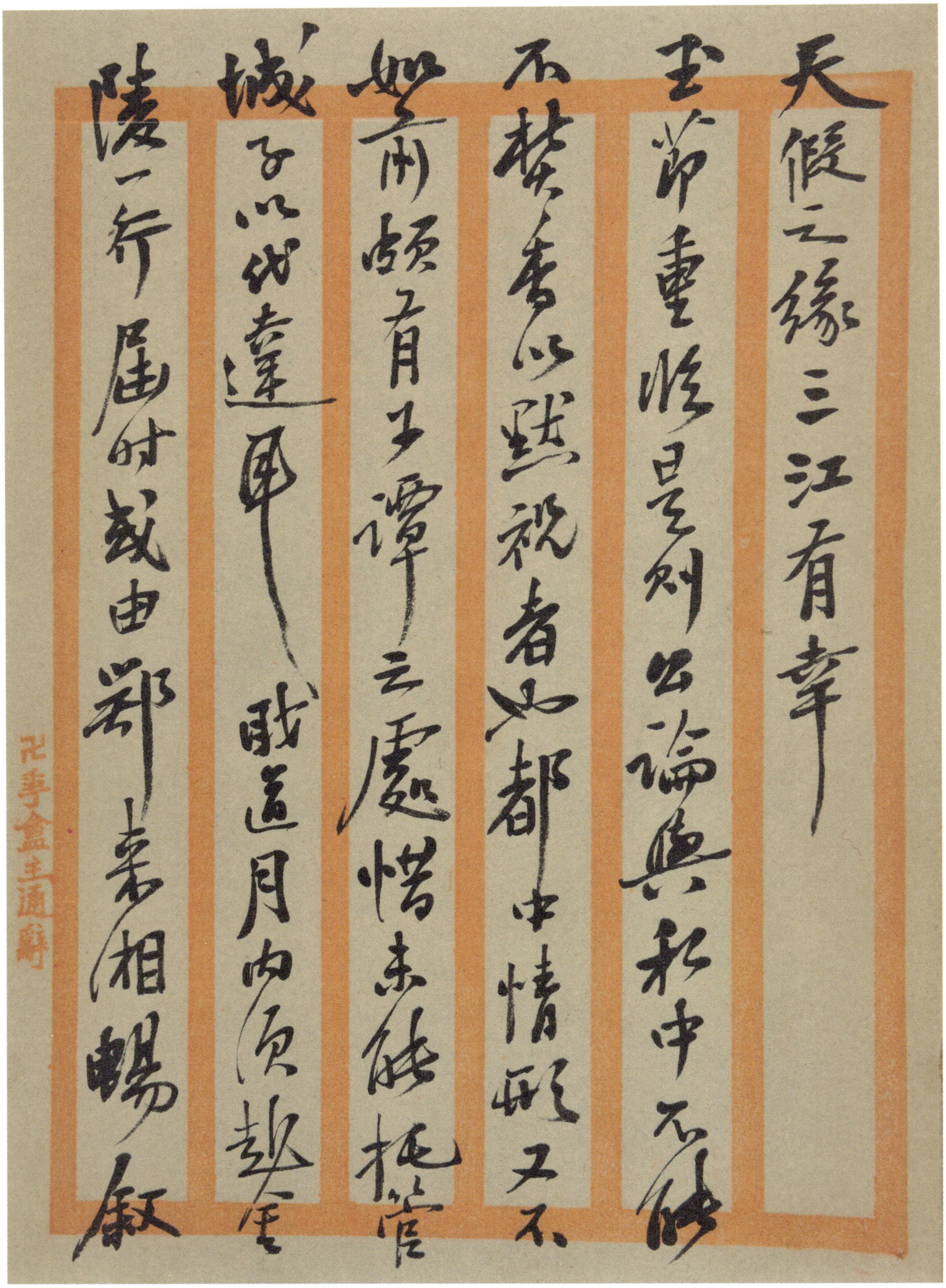

天假之緣，三江有幸，
玉節重臨，是則公論與私中，
不能
不焚香以默祝者也。都中情形，
又不
如前，頗有可譚之處，惜未能
托管
城子以代達耳。職道月内須赴金
陵一行，屆時或由鄂來湘，暢敘

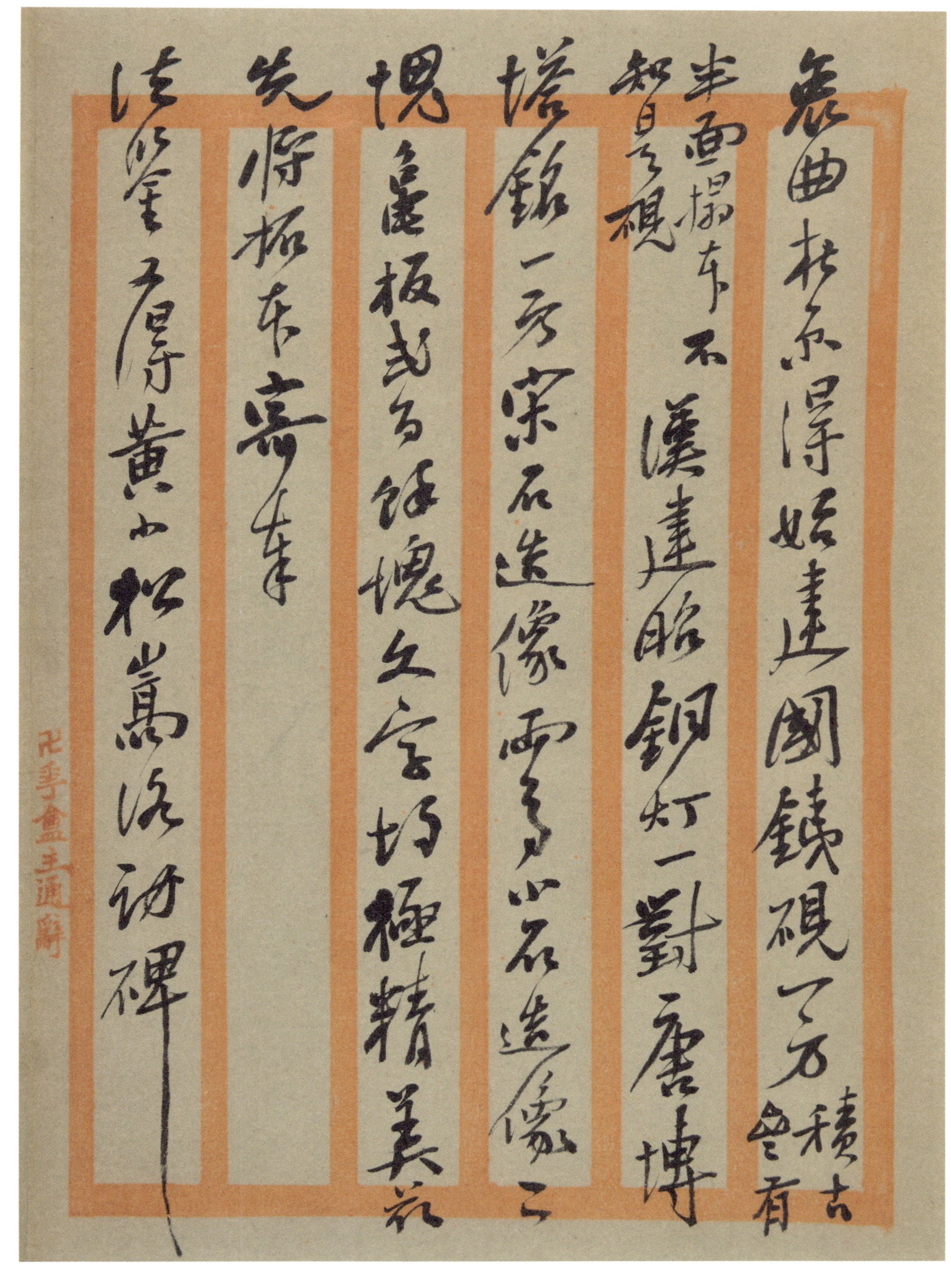

衷曲。在京得始建國銕硯一方、
積古齋有
半面搨本，不知是硯。漢建昭銅
燈一對、唐塼
塔銘一方、宋石造像兩尊、小石
造像二
塊、龜板二百餘塊，文字均極
精美。茲
先將拓本寄奉
法鑒。又得黃小松《嵩洛訪碑

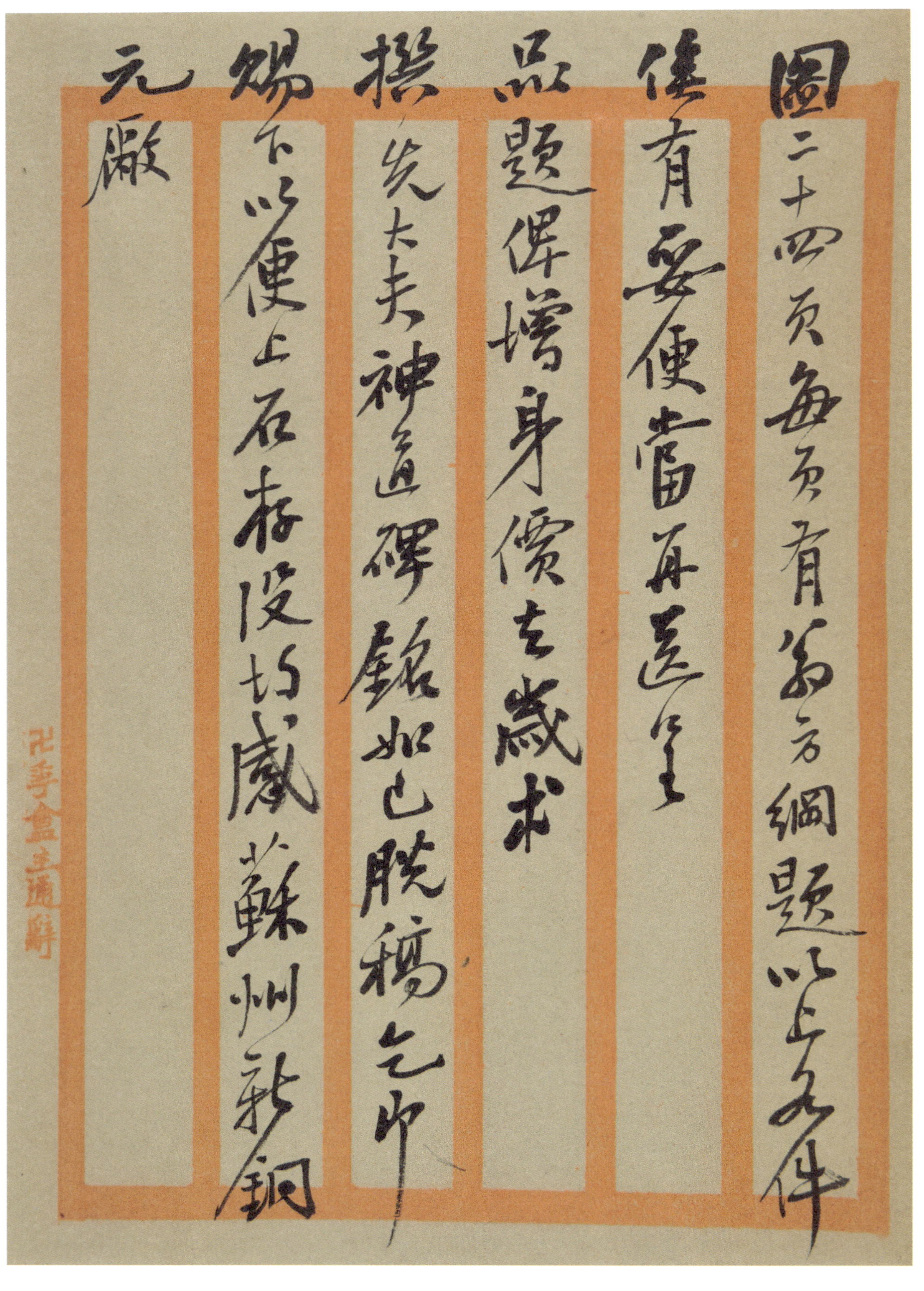

圖》二十四頁，每頁有翁方綱題。以上各件
俟有妥便，當再送呈
品題，俾增身價。去歲求
撰先大夫神道碑銘，如已脫稿，乞即
賜下，以便上石，存没均感。蘇
州新銅
元廠，

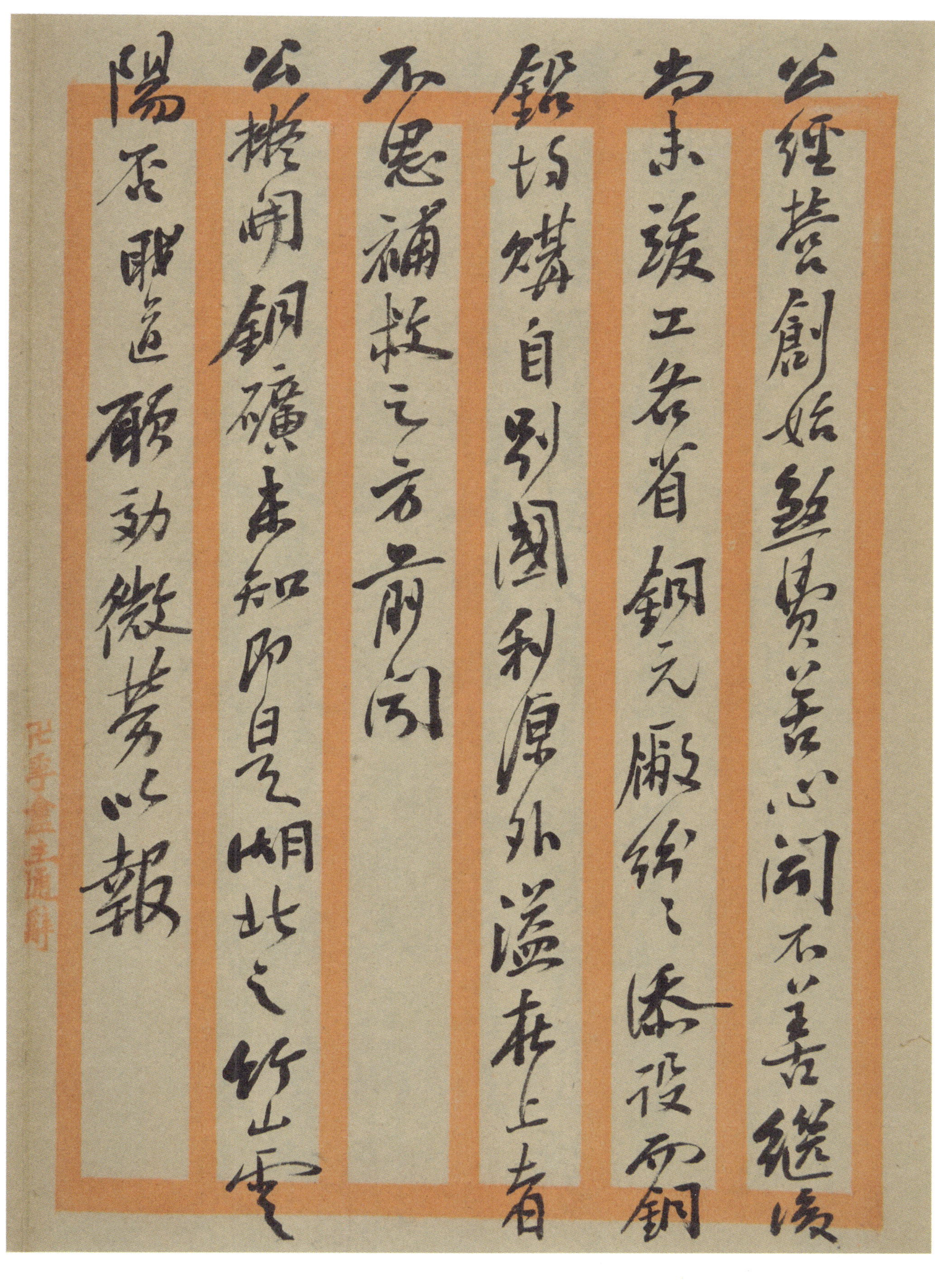

公經營創始，煞費苦心。聞不善繼後，
尚未竣工。各省銅元廠紛紛添設，而銅
鉛均購自別國，利源外溢，在上者
不思補救之方。前聞
公擬開銅礦，未知即是湖北之竹山、雲
陽否？職道願效微勞，以報

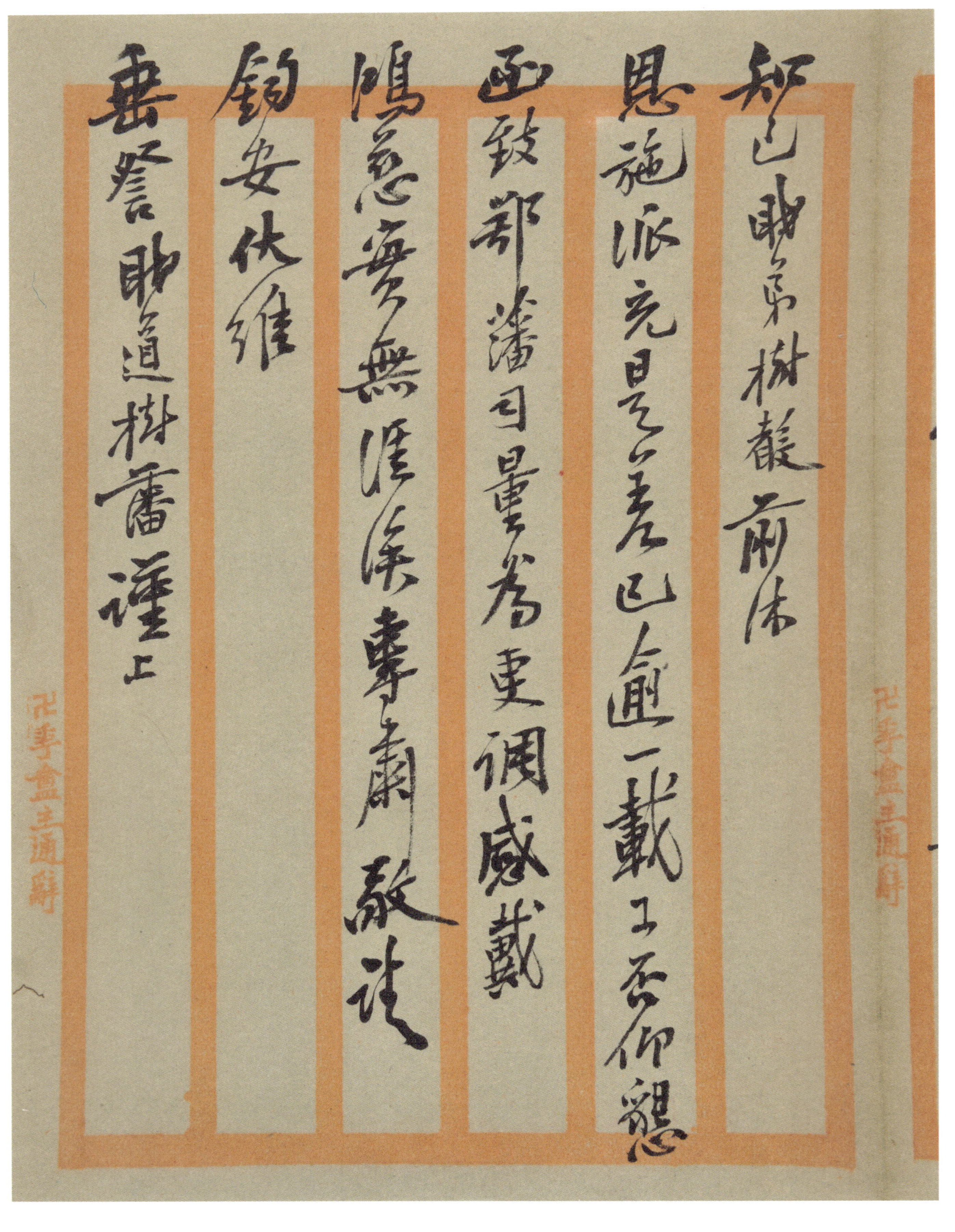

知己。職弟樹聲前沐
恩施，派充是差，已逾一載。可
否仰懇
函致鄂藩司，量爲更調。感戴
鴻慈，實無涯涘。專肅，敬請
鈞安，伏維
垂察。職道樹藩謹上。

胡惟德（一八六三—一九三三）

字馨吾，浙江吴興人。上海廣方言館畢業，長期從事外交工作。清末曾充駐外使館隨員、參贊。後任駐俄公使、駐日公使、外務部侍郎等，宣統三年（一九一一）曾署外務部大臣。入民國後，曾任駐法國、西班牙、葡萄牙、日本公使。民國十五年（一九二六）任外交總長并一度代理國務總理。

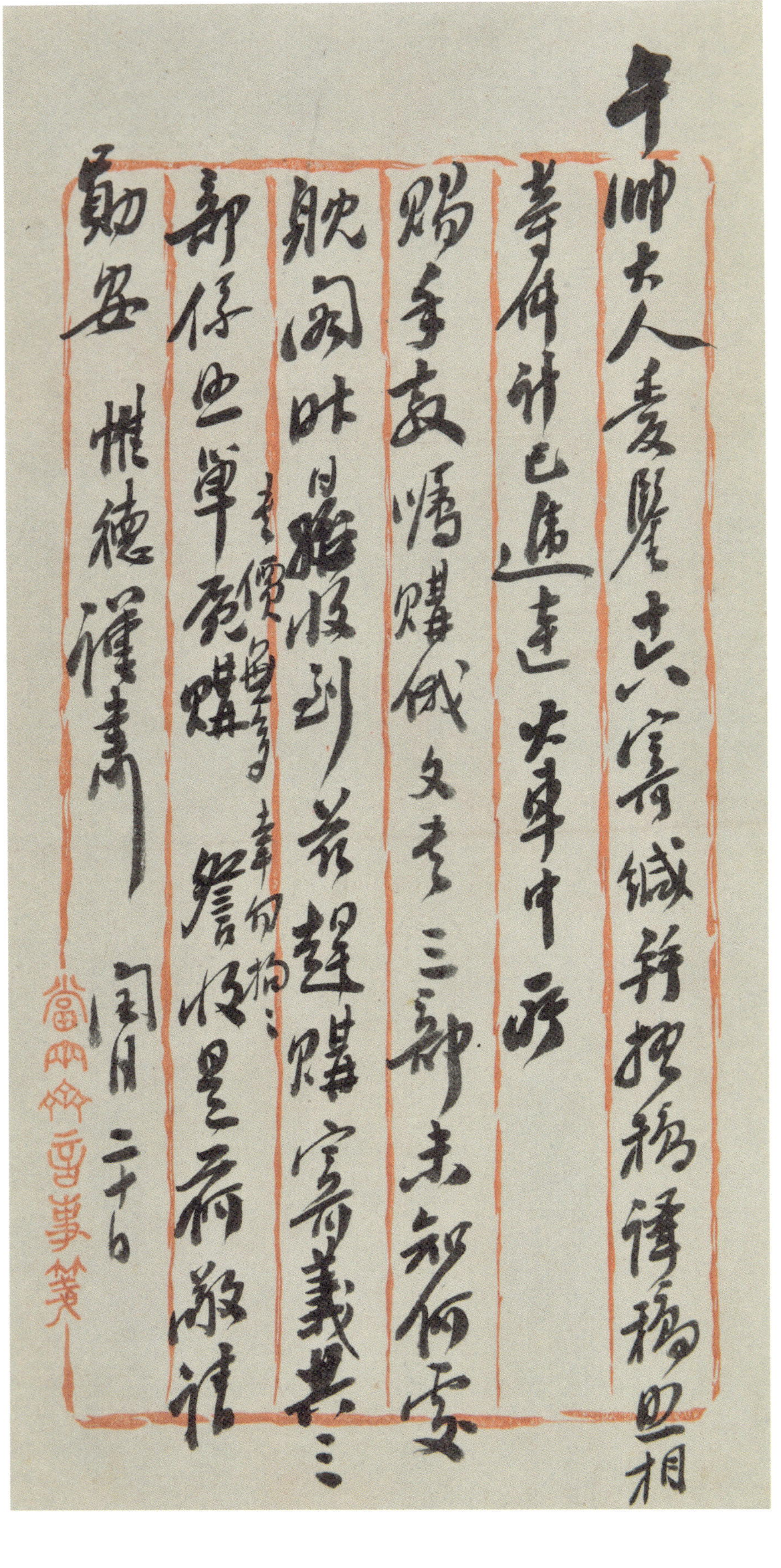

午帥大人愛鑒：十六寄緘并摺稿、

譯稿、照相

等件，計已遞達。火車中所

賜手教，囑購俄文書三部，未知

何處

耽閣，昨日始收到。茲趕購寄義，

共三

部，係照單覓購，察收是荷。（書

價無多，幸勿拘拘。）敬請

勛安。惟德謹肅。閏月二十日。

張百熙（一八四七—一九〇七）

字埜秋，湖南長沙人。同治十三年（一八七四）進士。累遷至侍讀學士。甲午戰争時曾嚴劾李鴻章誤國。戊戌政變，以薦舉康有爲遭革職留任。後任禮部侍郎、左都御史，累官至禮、户、郵傳、工部尚書等。光緒二十八年（一九〇二）任管學大臣，主持京師大學堂，派留學生出國。

大稿快讀一過，（小稿收到。）經世之鴻文

也。拜服拜服。謹此奉繳，即希

察入。

陶齋仁弟尚書。小兄百熙頓首。

十一日辰刻。

盛宣懷（一八四四—一九一六）

字杏蓀、幼勖，號次沂、愚齋，江蘇武進人。同治九年（一八七〇）入李鴻章幕，擘畫新政。創辦電報局、招商局、京漢鐵路等，頗具才幹。以道員累官郵傳部尚書。清亡，不仕。

陶帥仁兄大公祖大人閣下：頃承
惠顧，并蒙
賜宣鼎，感謝曷勝。粵漢鐵路
近日
往來電文，及鄂帥咨到
廷寄，謹録呈
覽。鐵保翁來電，初四日已由萍
鄉起

程回鄂，正可與
公執手。自漢至京，除黃河須舟
渡外，
輪車可通。此次唐、曾兩使坐車
三日，尚稱
平穩。請便中
轉致。附上密電本一冊。神馳道遠，
惟盼
時惠好音，至深感禱。敬請
台安，不盡縷縷。治愚弟制盛宣
懷頓首。十二月初四日。

嚴修（一八六〇—一九二九）

字範孫，號夢扶，直隸天津人。光緒九年（一八八三）進士。曾任貴州學政、學部侍郎等。積極倡導新式教育，曾多次出國考察教育。光緒三十年（一九〇四）與張伯苓創辦敬業中學堂，民國八年（一九一九）又創辦南開大學。著有《嚴範孫先生文存》《嚴範孫先生日記》等。

午帥仁兄大公祖同年大人閣下：

九月由天津寄到

惠書，因循未復，遂已歲暮。頃

聞再奉

手教，忻悉

勛祉綏多，慰苻頌祝。聞

公莅任，以全力區畫振務，江南士紳稱頌不置。比想還定安集，漸復其舊，拯一方飢溺，實即保全國治安，去突徙薪，厥功鉅矣。

旌節所至，才俊景附。學務之興，可立而待。大學不日開辦，

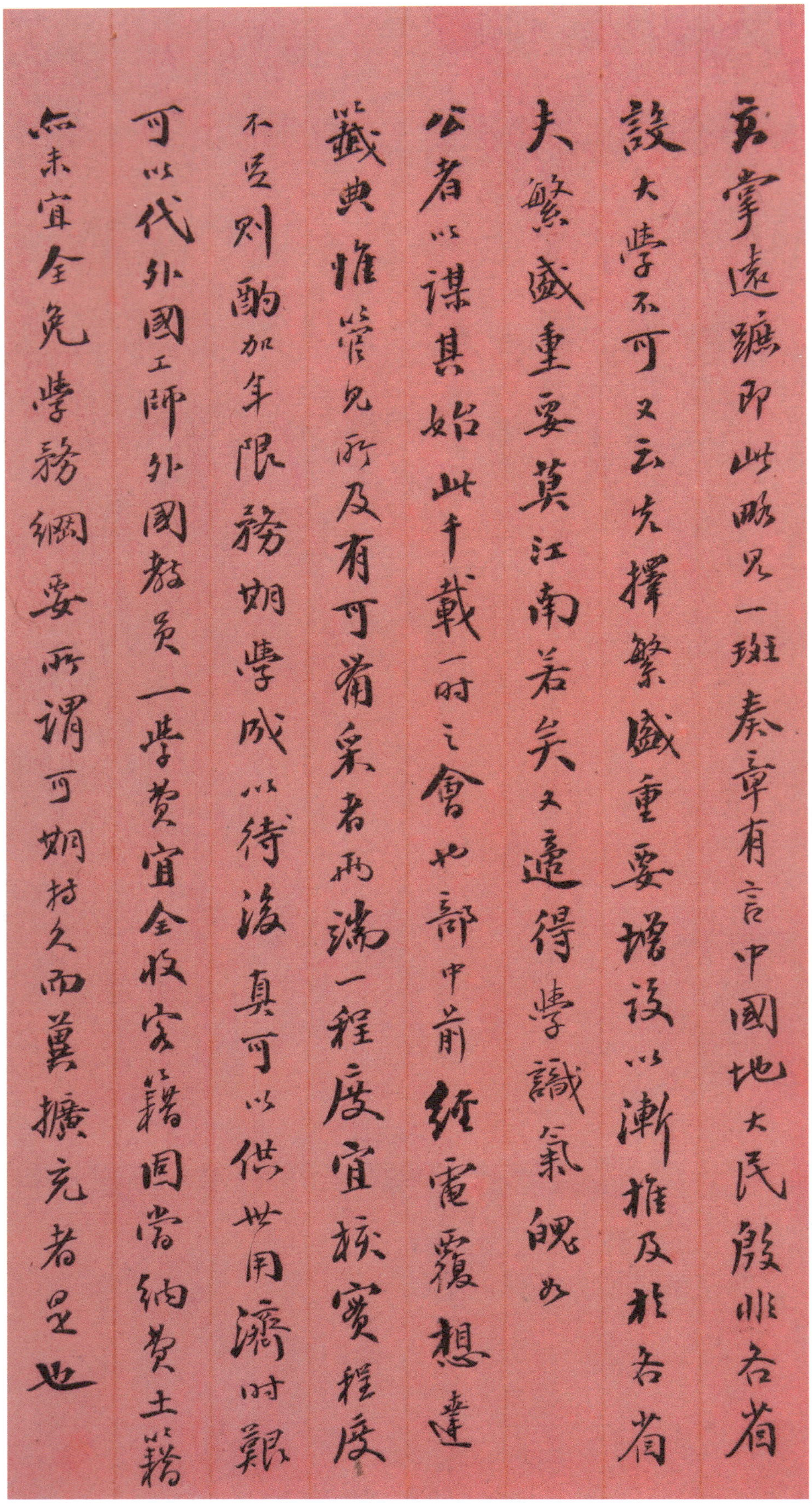

高掌遠蹠，即此略見一斑。奏章有言：中國地大民殷，非各省設大學不可。又云：先擇繁盛重要增設，以漸推及於各省。夫繁盛重要，莫江南若矣。又適得學識、氣魄如公者以謀其始，此千載一時之會也。部中前經電覆，想達籤典。惟管見所及，有可備采者兩端：一程度宜核實，程度不足則酌加年限，務期學成以後，真可以供世用、濟時艱，可以代外國工師、外國教員；一學費宜全收，客籍固當納費，土籍亦未宜全免。《學務綱要》所謂「可期持久而冀擴充」者是也。

公於此事籌之已熟，聊附不賢識小之義，以備
采酌。
仲綱兄天才發越，文學俱長，至堪欽佩。自
公出都以後，時常來署。惟禮部改章并署，公事未免繁要，
有時不能兼顧，亦事勢使然耳。
言不盡意，餘俟續布。專
肅，覆請
勛安，祇賀
年喜。治年小弟嚴修頓首。正月三日。

李國杰（一八八一—一九三九）

字偉侯，安徽合肥人。李鴻章長孫。襲一等侯爵，曾任散秩大臣、廣州漢軍副都統、鑲黄旗蒙古副都統、農工商部左丞。宣統二年（一九一〇）出任出使比利時大臣。民國時曾任參政院參政、安福國會參議院議員。後棄政從商，在上海任輪船招商局董事長。

午帥年伯大人鈞座：敬啓者，前
奉四月初間
手諭，慰聆壹是。以無甚要事，
遂未上答，忽
忽已兩月矣。即維
柱躬康泰爲頌。邇者新帥被刺，
非常之變，
出於官場，尤堪駭異。
公負一時重望，尚祈
加意珍護，無任翹盼。數年來，
水旱頻仍，盜
賊蠭起。夜觀天象，熒惑光芒折
入南斗，

分野適應江南一帶。雖新學家無此占
說，究宜先事預防，以期弭變於未形。
公亦信此説否？敝省義賑，此間所發捐册，迭
經催取，均以緩則可集多數爲言，只得聽
寬時日。朱臬司調任敝省，昨將手收捐册
交回四本，并捐洋六十六元。另附清摺
一件，兹交義善源一并寄呈，即祈
察收示復。其餘各册，容當陸續
代催，隨時

覆陳，以免
厪注。杰在此不習水土，時有病患。
同僚雖能
同心合力，而才疏體弱，建白毫無。
敬求
不遺在遠，時錫箴言爲感。崔道
來臨，人
頗可用。承
允栽培，務求踐諾。恃
愛代懇，無任悚惶。專此布陳，
敬叩
勛綏百益。六月九日。侄國杰頓首。

余肇康（一八五四—一九三〇）

字堯衢，號敏齋，晚號倦知老人，湖南長沙人。光緒十二年（一八八六）進士。歷官工部主事，兩湖書院提調，漢陽、武昌知府，山東、江西按察使等。免職回籍後，任湖南粤漢鐵路坐辦、總理，主持修築長株段鐵路。著有《讀書雜識》《敏齋隨筆》等。

陶憲尚書鈞右：昨奉電
諭，敬承一一。伏惟
旌節載新，東南保障，
內襄大計，外撦半壁，功在天下，
名滿環球，敢在下風，尤用仰望。
朝局一變，初無影響。
宸簡密勿，匪夷所思。宗旨安在，

明公必有所聞。善化
殊眷優隆，然亦孤危甚矣。官制
增損，
具有深意，而不能無駢拇枝指。至
法部、理院及尚未改定之府州縣，
與夫
民事、刑事訴訟、破産商律，則
皆礙
滯難行，弊害滋大，知與
明公求治初意多所刺謬。蓋立憲

所以救時，行憲不宜躐等。「程度基
礎」四字，新名詞中最有法門，此不可
不深長思也。一介廢材，本無知識，竊
慮維新者不能得我
公之精，唯是求之頭面，遺誤無窮，涉
筆直陳，惟有惶悚。湘中鐵路正在
集議，最苦莫如籌款。袁京兆將邀

馮給諫來甯，爲衡寶配銷鹽款一事。非

明公俛念路款維艱，特予撥給，湘路將

無開辦之日。詳情由袁、馮面陳，謹粗

述大概，預塵喁望。熊令壽鵬，忠節

之後，砥礪廉隅。去歲赴京截取，我

公敦篤譜誼，助以川資，幸得知縣。現

已指省江蘇，來投
仁宇。伏求
始終成全，准其先行到省，藉資歷
練，仍當徐圖赴引。肇康與交最深，
深知其才可用。用敢代爲是請。又聞
屈令振翰，業經來
轅謁見。該令年少老成，明允廉實，

明公早所愛重。其依戀之忱，數年
如一日。必求
俯鑒其誠，加之拂拭，俾玉於成。該
兩令行誼，朱道均知之，即不以
私交論，亦在薦賢之列也。朱道器
局閎遠，沈毅明通，殫竭精力，神采
煥發。三十年親故，最所期許。聞

公留在甯垣，暫不令赴潤州，可謂
得人矣。（秦道炳禮，乃贛臬胞弟，亦最有血性，精幹能任艱大之事者。）肇康家居奉親，尚頗自
得。惟回憶武昌舊事，輒復惓惓，不能自持。不知
明公尚念長沙有一故人否？日盼
書來，解我饑渴。臨穎不盡依依之
意。專肅，敬叩

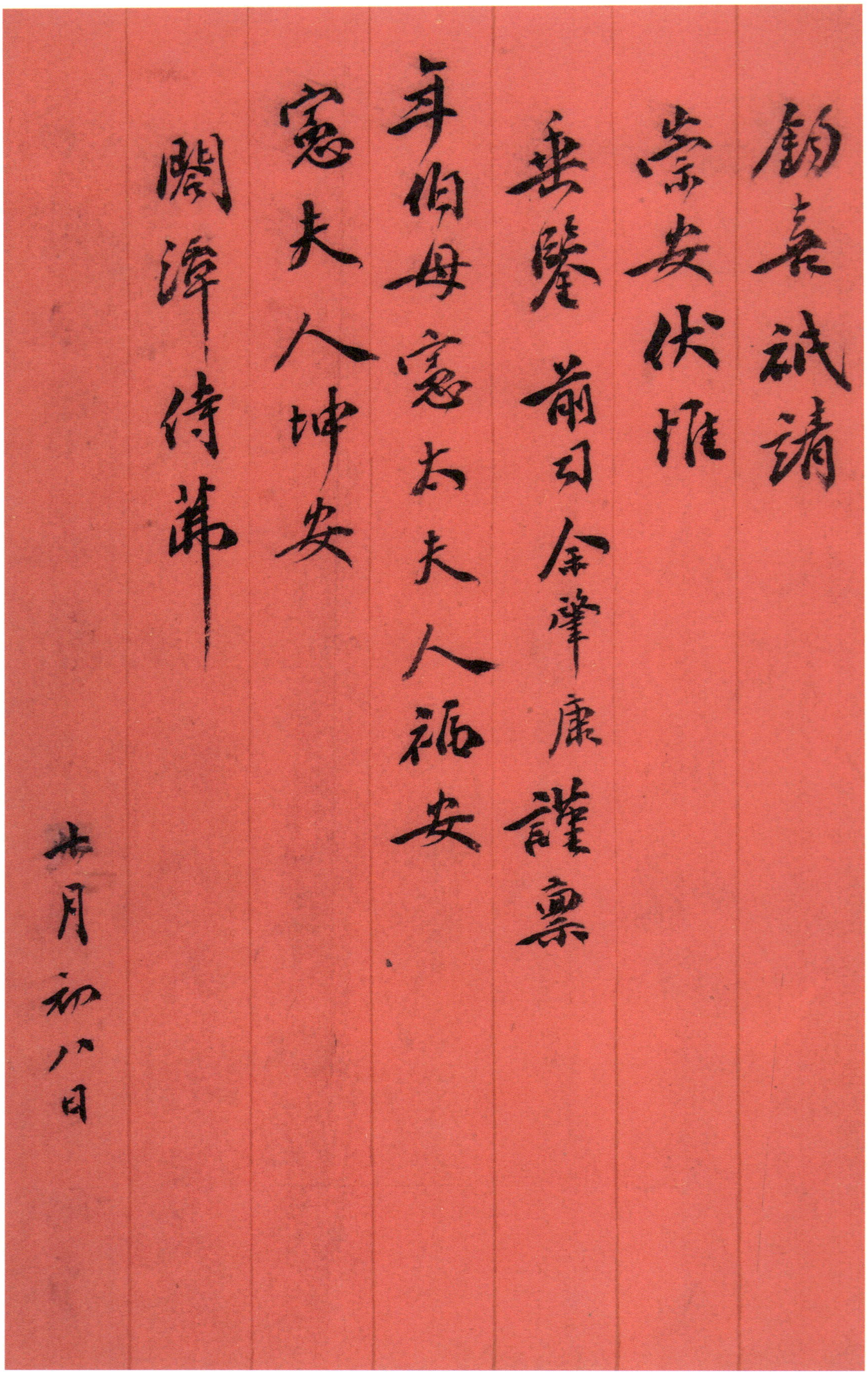

鈞喜，祇請
崇安，伏惟
垂鑒。前司余肇康謹禀。
年伯母憲太夫人福安，
憲夫人坤安，
閤潭侍茀。
十月初八日。

伍廷芳（一八四二—一九二二）

字文爵，號秩庸，廣東新會人，生於新加坡，三歲隨父回國。早年留學英國，爲近代中國第一個法學博士，獲大律師資格。光緒八年（一八八二）入李鴻章幕。曾任駐外公使、商部侍郎、外務部侍郎、修訂法律大臣等。南北議和時任南方代表。此後曾任南京臨時政府司法總長，段祺瑞内閣外交總長、代總理，護法軍政府外交部長、總裁，廣東省長等。

疆索遥違，仰
籌防之綏謐；
琳琅遠逮，正協律於陽和。敬維
午橋仁兄大人，令甲更新，
昌辰輯祜，
展鷹揚於甲帳，彩焕旌旂；
承燕譽於

辰樞，
恩頌醽酥。
公才公望，頌佩何如。弟無補
商曹，重
遷譯署。每聽謦傳於風鶴，惟
願瑞
集於躔龍。專復布悃，敬賀
年喜，祇請
勛安。不備。愚弟伍廷芳頓首。

載澤（一八六八—一九二九）

初名蕉，字蔭坪，滿洲正黄旗人。清宗室，康熙帝六世孫。光緒三年（一八七七）襲封輔國公，二十年（一八九四）晋鎮國公。三十一年（一九〇五）與戴鴻慈等其他四大臣奉命出洋考察憲政，推動立憲。後任度支部尚書、督辦鹽政大臣、度支大臣。辛亥革命後加入宗社黨謀求復辟。著有《考察政治日記》。

午橋四哥台鑒：弟四十初度，正
愧中年已過，建樹毫無。而我
哥不棄鄙愚，遥承
厚賜漳緞八端，
手書撰聯一副。過荷
褒矜，良深慚仄。敬懸之堂
上，滿
壁烟雲，頓生異彩。不覺手之舞
之，足之蹈之也。祗悉春賑就
緒，額

慶再四。百萬瘡痍，得我
哥起諸溝壑之中，江北蒼黎，何
修得此？非徒
遺惠靡涯，抑且
造福無量矣。外官制化爲烏有，
回首朗潤，有如隔世，我
哥當爲喟然。稱首拜嘉，意不盡
言。敬請

勛安，諸維
珍重。
弟載澤頓啓。

沈雲沛（一八五四—一九一八）

字雨人，江蘇海州人。光緒二十年（一八九四）恩科進士，官至郵傳部侍郎、署尚書。民國初曾以參政院參政任浦信鐵路督辦。長期致力於實業，成就斐然。

午樵大公祖同年大人閣下：承
賜函電，并
新著《政要》，均收到。感謝感謝。
都中
消息近頗和静，孫詞臣能述其
概。比日來又小有差池，尚無現
象。南皮先生初到京，語及南
洋事，出以恢諧。

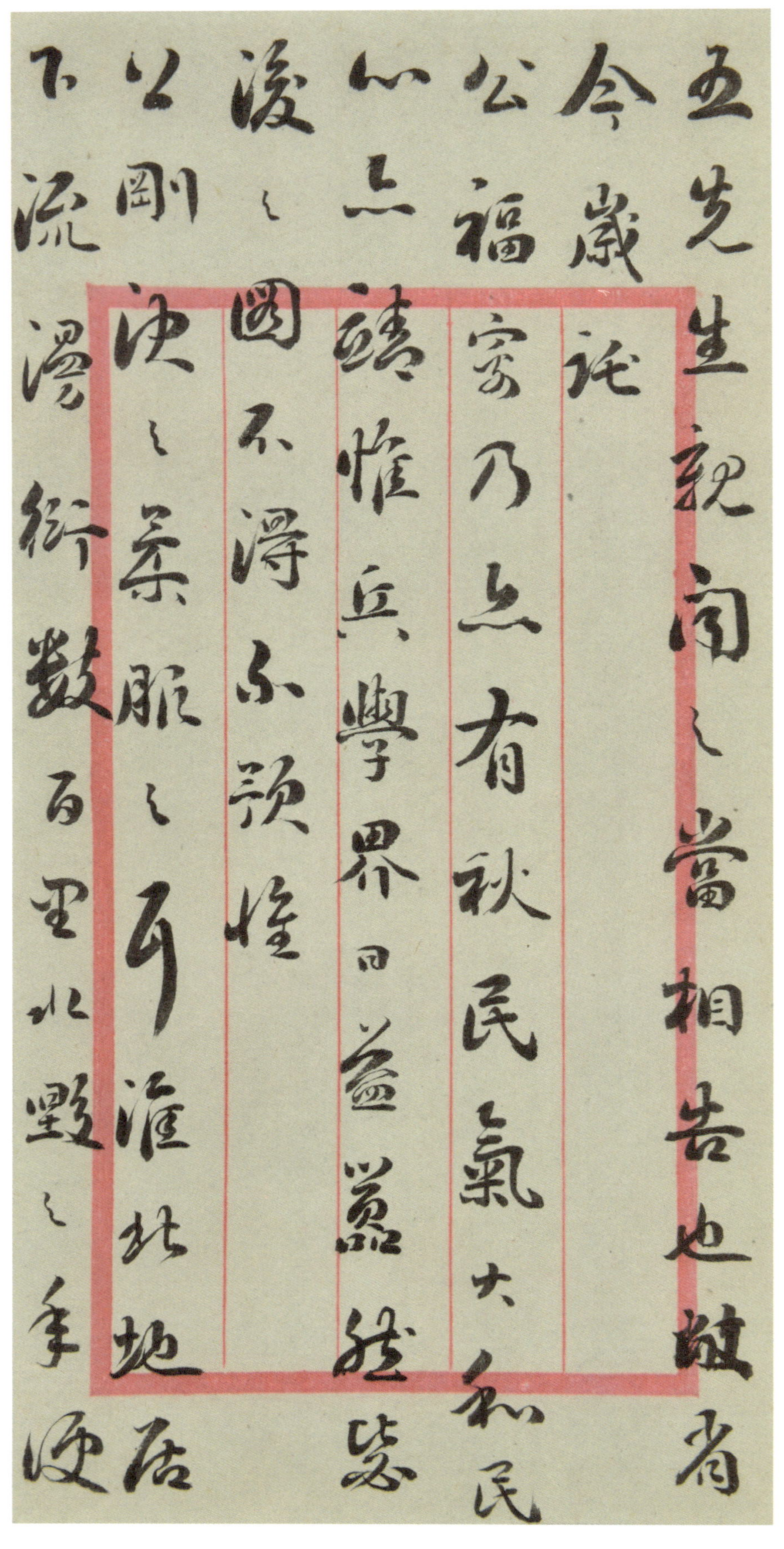

五先生親聞之，當相告也。敝省
今歲托
公福寓，乃亦有秋，民氣大
和，民
心亦靖。惟兵學界日益囂然，毖
後之圖，不得不預。惟
公剛決之、柔服之耳。淮北地居
下流，漫衍數百里。水毀之
年，便

成凶歉。灾既見而後振之，既多費，又重勞。不如預爲疏通各支河，彼皆近海，宣泄甚易，固無須籌巨款、興大役也。久香來函，亦以此爲言。附呈覽，幸

公垂察。寶守以珏前辦海州商

埠，頗有思理，襄辦振耀，亦
能實
心任事，惟以未經分省，故於僚
友中不無顧忌。弟已囑其來京
赴引，到省後便好實力做事，不
過一月往返，便可回甯。敬以
告諸
執事。拉雜種布，即請
勛安。治年小弟雲沛頓首。

何乃瑩（一八五六—一九一二）

字潤夫，號梅叟，山西靈石人。光緒六年（一八八〇）進士。歷官内閣侍讀學士、順天府府尹、都察院左都副御史等，庚子年（一九〇〇）慈禧、光緒西逃時爲後站扈從大臣。著有《靈樵仙館詩草》。

陶齋四弟尚書清鑒：前奉
惠書，并承
賜大作《列國政要》四函。回環
三復，環球政
治，了如指掌。乃嘆我
公救世之苦心，
觀變之特識，洵足以包舉宇内，
控制八

荒。他日見諸實行，風同道一，
列强俯首，光我
皇猷。兄雖垂暮，猶得扶杖而觀
憲政之成也。昨又聞以十萬元購
得圖書，争雄
鄴架，用存中國文獻。
公之有功名教，握要中外，宜乎
華夏推服，
聖眷優隆，入贊

綸扉，銘功竹帛，曷勝企禱！兄秋冬以來，縱覽古今記載，於居室之西，增構小屋三椽，羅列圖史，嘯歌其間，快然自足。暇復與二三朋好吟弄風月，時復作少年之態。燈紅酒綠，絲竹陶情，不知老之已至。蓮府、筱石諸君，相繼而來，把酒豪談，樂數晨夕，并皆歡洽。

然以視我
公之丰采潇灑，襟抱出塵，
顧我情深，施惠無已，終遜一籌也。
前托秋
圃帶呈拙作，不過略形萬一耳。
賤軀頑健
如昔，惟昨偶食羊肉太多，忽患
便血，肢體
稍覺疲憊，手顫尤甚，不能作字，
少一臨池

之樂，現尚服藥。晦老朔日始行，
子封又將
南去，舊雨天涯，同深悵惘。薇
孫移居城内，
相見亦疏。南皮師游山之興甚濃，
精神頗
健。雲門將買園清化。想
尊處函札往來，無待贅述。衍頭
臘鼓，又報
新年。專此敬頌

宜春，欣賀
潭釐，諸維
愛照百益。梅叟百叩。

惲毓鼎（一八六二—一九一七）

字薇孫，號澄齋，河北大興（今屬北京）人，原籍江蘇武進。光緒十五年（一八八九）進士。官至侍講學士、國史館總纂、憲政研究所總辦等。著有《澄齋日記》《崇陵傳信録》等。

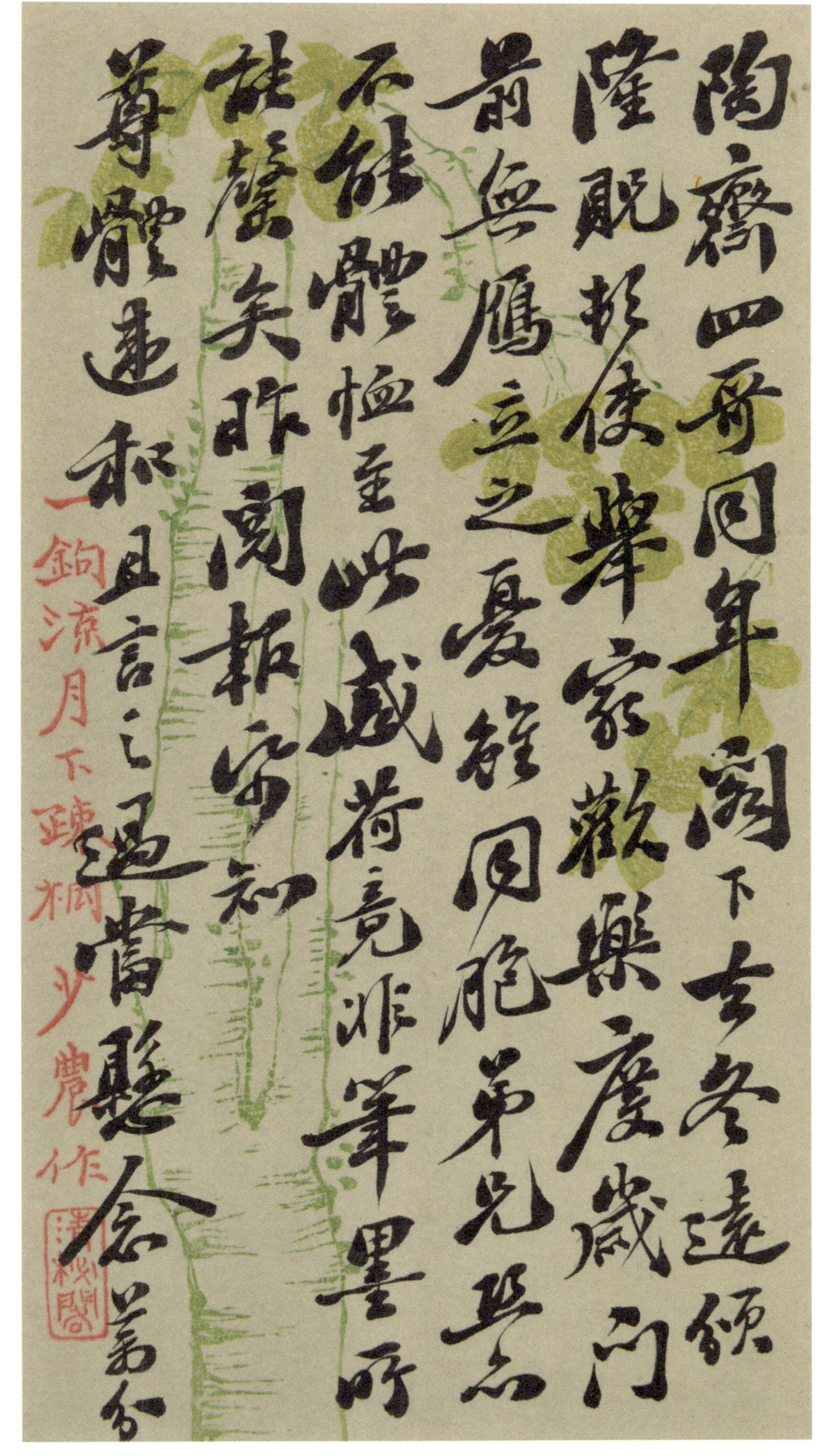

陶齋四哥同年閣下：去冬遠頒
隆貺，頓使舉家歡樂度歲，門
前無鴈立之憂。雖同胞弟兄，
恐亦
不能體恤至此，感荷竟非筆墨所
能罄矣。昨閱報紙，知
尊體違和，且言之過當，懸念萬分。

造言耶？抑真有
貴恙耶？乞示慰。姜軍在浦傳
聞不
無騷擾，此軍素無紀律，恐非無因。
聞委孫令赴蜀買米，川中米多
而價
廉，江南得此，民間食惠不淺。
近已
運到否？
公之愛民，真無時不爲籌畫
矣。都

下諸事安靖，翰苑疏通，學士專放
藩臬歟歷，亦甚佳。似聞政府有承
乏東南薇席之意，惜弟祖籍吳中，
不克隨侍旌麾，瞻依寡過。其實
族人雖在毘陵，弟之本支，自先曾
祖占籍北平，已五代八十年，累世

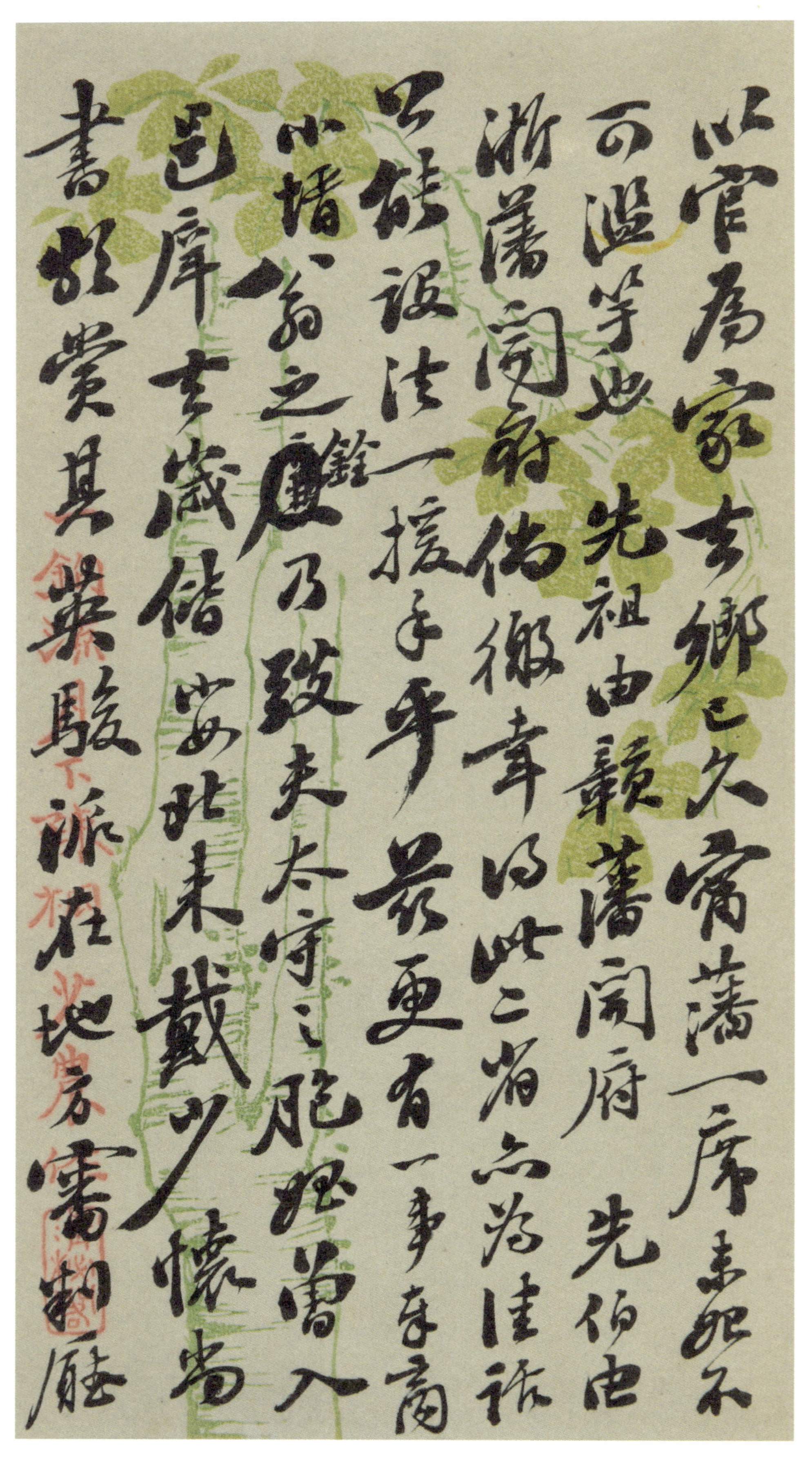

以官爲家，去鄉已久。甯藩一席，
未始不
可濫竽也。先祖由贛藩開府，先
伯由
浙藩開府，倘徼幸得此二省，亦
爲佳話。
公能設法一援手乎？茲更有一事
奉商。
小婿翁之銓乃弢夫太守之胞侄，
曾入
邑庠。去歲偕小女北來，戴少
懷尚
書頗賞其英駿，派在地方審判廳

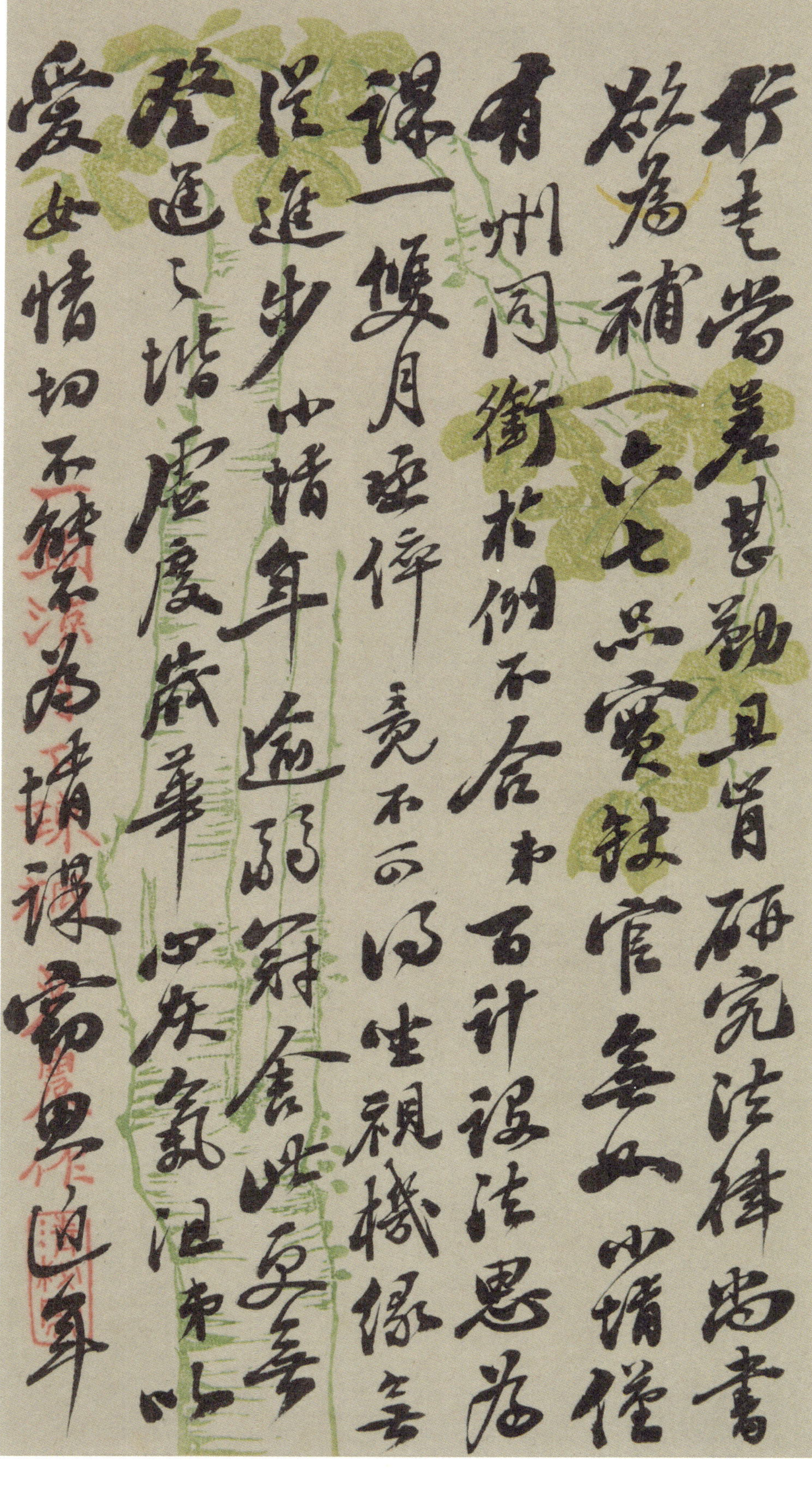

行走，當差甚勤，且肯研究法律。
尚書
欲爲補一六七品實缺官，無如小
婿僅
有州同銜，於例不合。弟百計設法，
思爲
謀一雙月丞倅，竟不可得。坐視
機緣，無
從進步。小婿年逾弱冠，舍此
更無
登進之階，虚度歲華，心灰氣沮。
弟以
愛女情切，不能不爲婿謀。竊思
近年

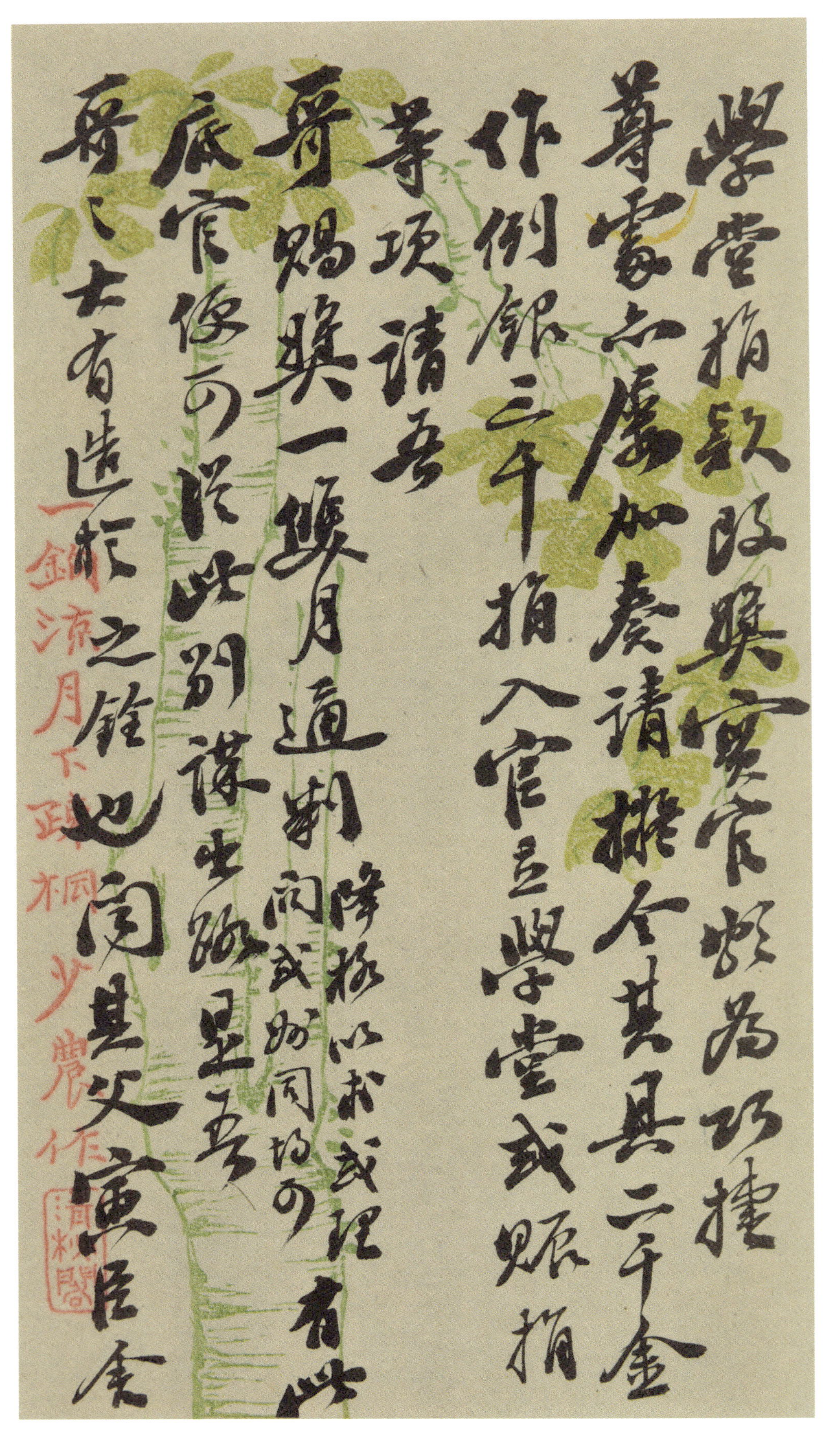

學堂捐款改獎實官，頗爲巧捷。
尊處亦屢加奏請。擬令其具
二千金，
作例銀三千，捐入官立學堂或
賑捐
等項。請吾
哥賜獎一雙月通判。降格以求，
或理問、或州同均可。有此
底官，便可從此別謀出路。是吾
哥之大有造於之銓也。聞其父寅
臣舍

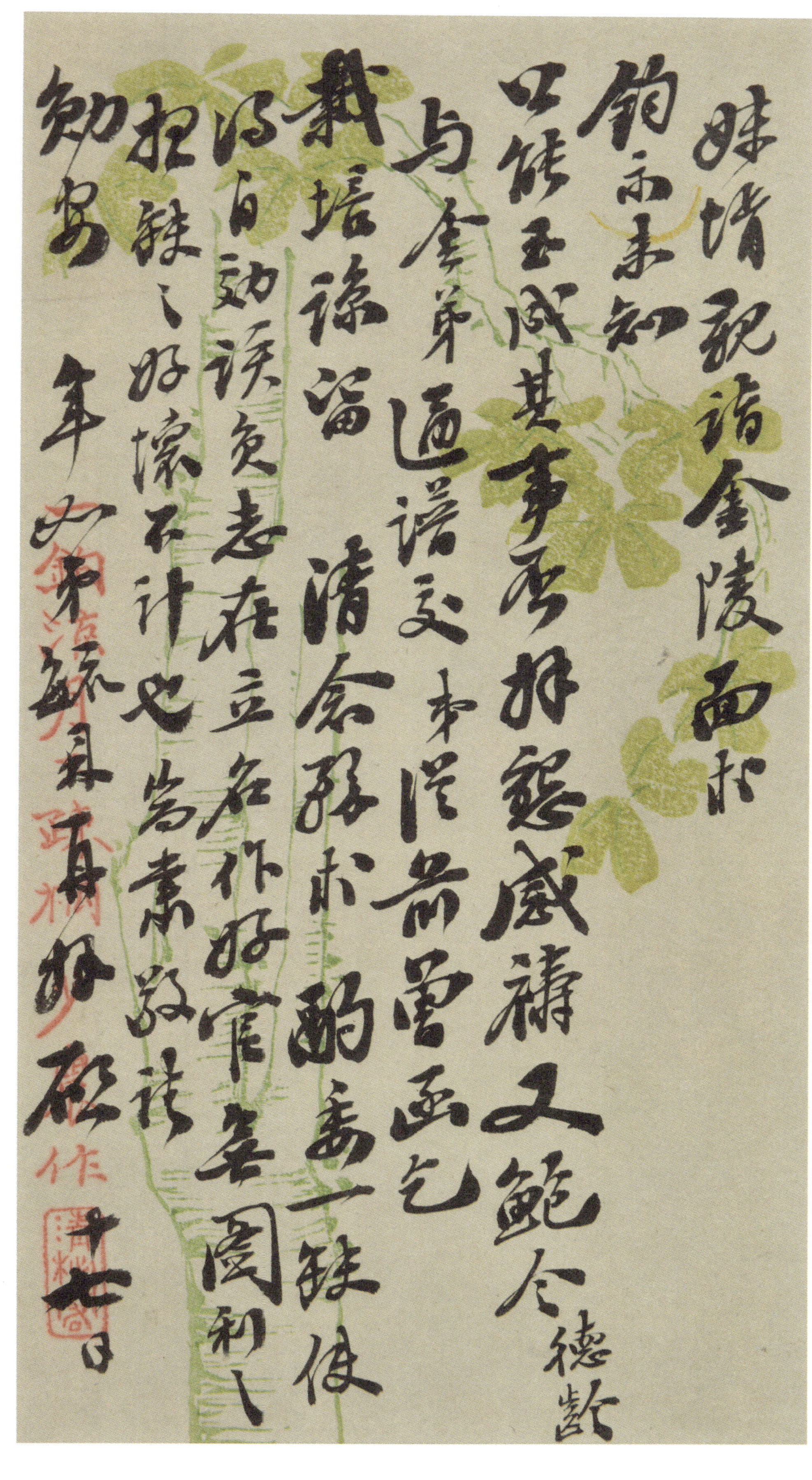

妹婿親詣金陵，面求
鈞示。未知
公能玉成其事否？拜懇感禱。又
鮑令德齡
與舍弟通譜交，弟從前曾函乞
栽培，諒留清念，務求酌委一
缺，使
得自效。該員志在立名作好官，
無圖利之
想，缺之好壞不計也。耑肅，
敬請
勛安。年如弟毓鼎再拜啓。十七日。

江　瀚（一八五七—一九三五）

字叔海，號石翁，福建長汀人。光緒十九年（一八九三）任重慶東川書院山長。官至河南布政使。民國時期任京師圖書館館長、故宫博物院維持會會長、京師大學校文科學長、代理校長等。精研《毛詩》，民國十一年（一九二二）曾應聘山西大學《毛詩》教授。著有《長汀江先生著書》等。

匋齋尚書大人侍右：頃奉
鈞復，并拜咨文之
賜。開緘讀竟，銘戢無涯，唯過
蒙
獎飾，令人顏甲耳。方今各直省
大吏，如
明公之高掌遠蹠、四闢六通者，
南皮而外，殆無
其偶。至於
熱心愛
國，虗懷求賢，行己居官，無不
本之以誠，出之以敏，

則又豈南皮所可及哉？此區區所
由不見南皮，
而竊願爲
大賢用也。摯甫京卿與瀚至契，
鄙撰散文，皆
經論定，其《東游叢録》之善，
洵如
尊評。瀚之此行，雖亦有意紀述，
但限於財力，不
能久留，恐未易得其要領耳。統
俟歸日，面
罄下懷。先肅申謝，虔頌
勛綏。晚生江瀚謹上。八月五日。

張　謇（一八五三—一九一六）

字季直，號嗇庵，江蘇通州人。光緒二十年（一八九四）狀元及第，授翰林院修撰。後回鄉致力於實業和教育，先後創建大生紗廠、通州師範學校、南通博物苑等，對近代民族工業和教育事業貢獻巨大。民國建立後，曾任農林總長、農林工商總長兼全國水利總長。

陶齋節帥大公祖大人閣下：昨舟中一書，到滬
一電，度均澈
鑒。尚有漏未述上者，補説頗亦可聽。洪澤湖中
淤起之洲，今年有掘得古棺，長丈四尺，足骨長
於今長人倍而過之，惜已散。頃托人物色，許酬
百金，不知尚可得否。廢黄河中，安東縣境，掘得楠
木板，厚七八寸，廣二尺一二至六七寸，長一丈
至二丈，浦
人争購之。頃亦托人物色，皆博覽苑中品物也。
洪澤之中可得者，何止此朽骨。唯止可視作復
淮涸湖後利益之餘數，猶五言八韻而已。鎊餘
不可得，官借二百萬，分二十年還，如何？又不得，
借一百萬，
分十年還，更集淮河水利公司以足之，如何？閩元款
若非閩局還欠，及晋益升賠有三十萬之息、一萬餘之
里費，
按閩與滬與浦之價，誠可得十二萬千。徐、胡之願助
十萬以此，無如晋益升與販運不同，明有閩局合同
可證，此則徐、胡之繆也。敬白，祇請
大安。張謇頓首頓首。十二月九日。

再，奉
電召，本擬趨詣，藉與秉三暢談。唯通校以
十二日放學，不得不先一日去。又鹽業墾牧年
内均須檢覆所定之事，分廠廿日試爐，皆不
得不去。通廠爲各實業之母，今秋東三省通
布壅塞，紗隨之滯，極力騰展，雖尚勝
於滬上各廠，然亦苦矣。寒家家事，終年
不暇過問，年殘不能不一理料。凡此皆不能
即時承
命之故，乞
公融諒。如有
見命，乞
賜條示，當以所知條答。再叩
勛安。謇再叩頭叩頭。

陳三立（一八五三—一九三七）

字伯嚴，江西義寧人。陳寶箴之子，陳寅恪之父。光緒十二年（一八八六）進士，曾任翰林院編修、吏部主事。光緒二十一年（一八九五）辭職，赴湖南輔其父推行新政，與黄遵憲創辦湖南時務學堂，參與變法。變法失敗後，父子同被免職。入民國，以遺老自居。盧溝橋事變後，憂憤國事，爲避日軍招致，絶食而終。長詩文，爲近代「同光體」詩派代表人物，有同光詩壇祭酒之稱。有《散原精舍文集》等行世。

一昨自蘇滬還，尖風寒雨，須
少憩始
能詣
教也。小魯病作，徑趁船抵漢，
屬向
公致歉悃。兹聞胡子靖日内可到，
其商
業學校陳教務長所上改章辦法，
可否
稍候子靖參酌，以陳、胡共事，
亦宜有詢商
之處也。
涇陽尚書同年。三立上。冬。

熊希齡（一八七〇—一九三七）

字秉三，號明志閣主人，湖南鳳凰人。光緒二十年（一八九四）進士，授翰林院庶吉士。後至湖南，協助陳寶箴推行新政，任湖南時務學堂提調；參與創辦《湘報》。光緒三十一年（一九〇五）隨端方等五大臣出國考察憲政。歸國後曾任奉天鹽運使等職。民國元年（一九一二）爲北洋政府財政總長、熱河都統。翌年任國務總理。晚年致力於慈善、教育事業，曾創辦香山慈幼院，任世界紅十字會中華總會會長。著有《香山集》等。

大帥鈞座：頃到漢口，曾肅一電，
想蒙
鈞鑒。職道初意擬即回沅省親，
以磁校事在省延
閣。接次帥電令回瀋，當復以未
能即行，而次帥
又電岑馥帥督催，遂於昨日附武
陵丸啓程，准廿
二快車北上，過京小住數日，大
約四月中旬仍須返
湘也。磁校及公司事，蒙
帥始終成全，電囑文石籌足常款，
并借墊萬金，
感激涕零。文石復電，只籌七千金，
借墊六千

金，想已上達鈞鑒矣。惟是實業學堂與普通學堂辦法不同，普通在求教授之得法，循序漸進。延一教習可及三年，故經費不必加也。實業則不然，器械由粗而精，教授由淺而深，教員由少而多。學堂愈進步，則程度極高之教員愈須廣延。將來德、法教習必須延聘。以故經費年增一年，不能不寬籌也。前禀中每年一萬二千金，尚是約略估計。此次到醴，與辦事各員詳加預算，每年實需一萬七八千金。即如現在學堂所延日本技師、技手七人，年須薪水一萬四千餘元。若再求高等，尚不止此數也。昨已電懇學、商兩部堂官，電托岑蓂帥、吳提學，加籌六千金，已荷大部允許矣。若鹽局只有七千金之補助，將來實不免再煩憲廑。夫以我帥在江，文石在湘，乃千載一時之機會。若不趁此將款籌定，此後何從設法？職道何嘗不思置身事

外，免生煩惱？然念此舉本蒙
帥之提倡，若職道不始終包攬，
另易一人，必致功虧一
簣，視此已著實效之磁業，不竟
其功，亦殊可惜。然一
擔責任，則學堂及公司諸人每以
經費支絀喋喋相纏，
職道如繭自縛，神魂亦爲之擾累。
倘能蒙
帥一手告成，則學堂可亨永逸，
職道亦可高枕矣。
此次文石所籌，另於衡岸加價内
籌撥，於職道前
稟所請四款無一涉及。然前稟中
如第一條、第四條

提復加價，或有窒礙；第三條江
加羨餘，爲局員規
費，亦請勿庸提撥；惟第二條請
以時務加價之款，原係
與江南雜支平分一半，當時開辦
之初歲入銀萬六七千兩，
現淮鹽暢銷，已增至二萬一二千
兩，今除從前額支外，下
餘五千餘兩，乞
恩指撥爲磁業學堂，合之文石
所籌七千兩，足敷前
稟之數矣。此款爲江南主政，
當荷
帥座允准，職道擬有電稿一
紙，求

帥改政飭發，文石必遵
命照辦也。又，公司需款甚切，
職道已於奉天采買商品
款内借墊三千金，惟乞
帥飭許守，將前股票速令招集匯
寄。職道免爲
虧累，出自
鴻慈，不勝悚惶待
命之至。專此肅稟，敬請
鈞安。職道希齡謹稟。三月廿
二日。

敬再禀者，文石擬籌之款，本歲有萬金，因欲兼顧津貼明德學堂經費，故只以七千金歸磁業學校，其餘則以之敷衍學界。此亦文石在湖南辦事不得已之苦衷，職道亦深諒之。惟文石禀復詳文到甯時，欲乞帥於批牘中加入「此項加價如衡岸日後暢銷，所餘之款概行撥歸磁業學堂，以助其進步改良」。則目前雖只有二十票，僅得七千金，日後票數日增，學堂得此

羡餘，長袖善舞，可精益求精矣。伏乞
帥座俯如所請，將此函交學務文案存記，俟其詳
文到甯，加入
批語，無任虔禱。職道希齡又禀。

溥偉（一八八〇—一九三六）

號錫晉齋主，恭親王奕訢之長孫。光緒二十四年（一八九八）襲封恭親王爵位。光緒三十四年（一九〇八）充禁烟事務大臣。清亡，組織宗社黨，奔走復辟。

手札謹悉。厚誼周密，感佩良深。月之九日收到馬車一乘、書二種，檢對無訛，謝謝。

《陶齋吉金録》考核精良，序中謂書成之後不復從事訪求，豈見守博以約之懷。然物聚於所好，千金市骨之後，益當雜遝而來。續刊之集，拭目俟之矣。仿蘇《陶集》亦完好，校之向所藏清秘堂寫本，髣髴過之。舍間舊藏趙子固、趙子昂書畫陶蘇事蹟二卷，世寶也。得此爲不孤矣。蒙

詢及拙作，愧愧，容暇録呈。此致

午橋四哥，兼達謝悃。

溥偉手肅。

鈐印：恭親王

嚴復（一八五四—一九二一）

字又陵，又字幾道，福建侯官人。先後畢業於福州船政學堂和英國皇家海軍學院。曾在北洋水師學堂、京師大學堂、復旦公學等處任職。甲午後翻譯《天演論》《原富》《穆勒名學》等西方名著，系統介紹西方民主和自然科學，主張維新變法。辛亥革命後任京師大學堂校長。能詩文，有《嚴幾道詩文鈔》等行世。

陶帥鈞座：開歲得承
手書，兼領嚴字元押。十朋之錫，
蓋有不
啻。寅維
圭卣增華，
旌旗發秀，起居燕喜，悉叶頌私。
復旦校
事，正月間所以與葉、張兩庶員
劃清界
限，登諸廣告，誠屬事不得已。
昨者夏道
來滬，備述

鈞怡，感何可言！復誠不肖，乃與後生打筆墨官司。事後思量，真堪發笑耳。但本期內地學子至者益多，校舍闐咽，既受憲事，又不得不努力經理，去泰去甚，敬俟後命而已。風潮諒當不興，葉某足迹并未至校。知關憲廑，謹此布達，并叩崇綏。不宣。嚴復謹狀。二月三日。

梁鼎芬（一八五九—一九一九）

字星海，號節庵，廣東番禺人。光緒六年（一八八〇）進士，散館授編修。中法戰争時因彈劾李鴻章，被降五級調用。後回廣州入張之洞幕，繼隨張至武漢、南京，先後主豐湖、廣雅、鍾山、兩湖諸書院，歷官至湖北按察使。又因彈劾奕劻和袁世凱而遭撤職。清亡，以遺老終。著有《款紅樓詩》《節庵先生遺詩》等。

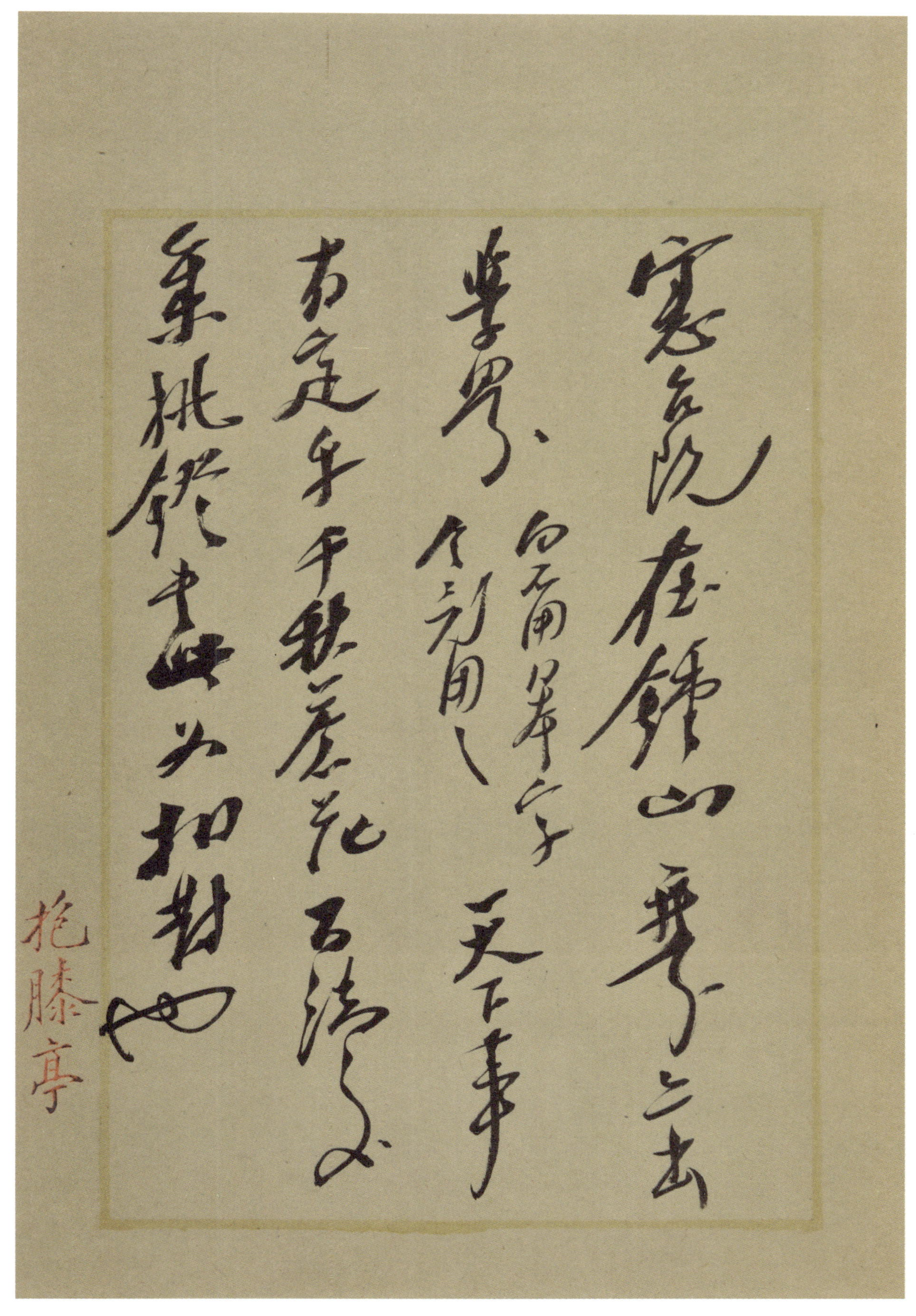

憲台既在鍾山，鼎芬亦出學界。向不用日本字，今竟用之。天下事有定乎？千秋蒼茫，百端交集。挑鐙書此，如相對也。

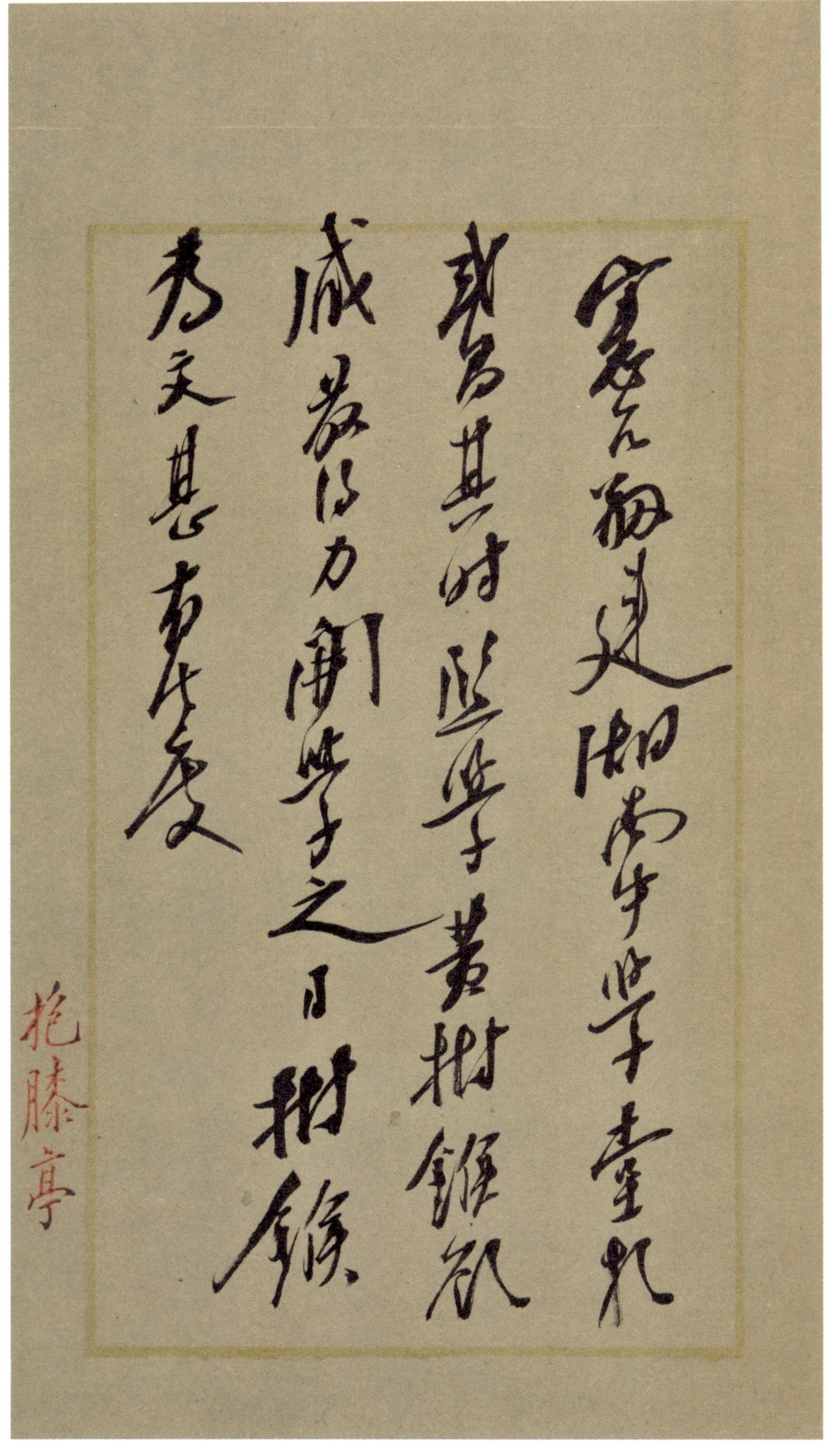
憲台創建湖南中學堂於武昌其時監學黃樹鍭顧咸最得力開學之日樹鍭爲文甚有法度

抱膝亭

憲台創建湖南中學堂於武昌，其時監學黃樹鍭、顧咸最得力。開學之日，樹鍭爲文，甚有法度。

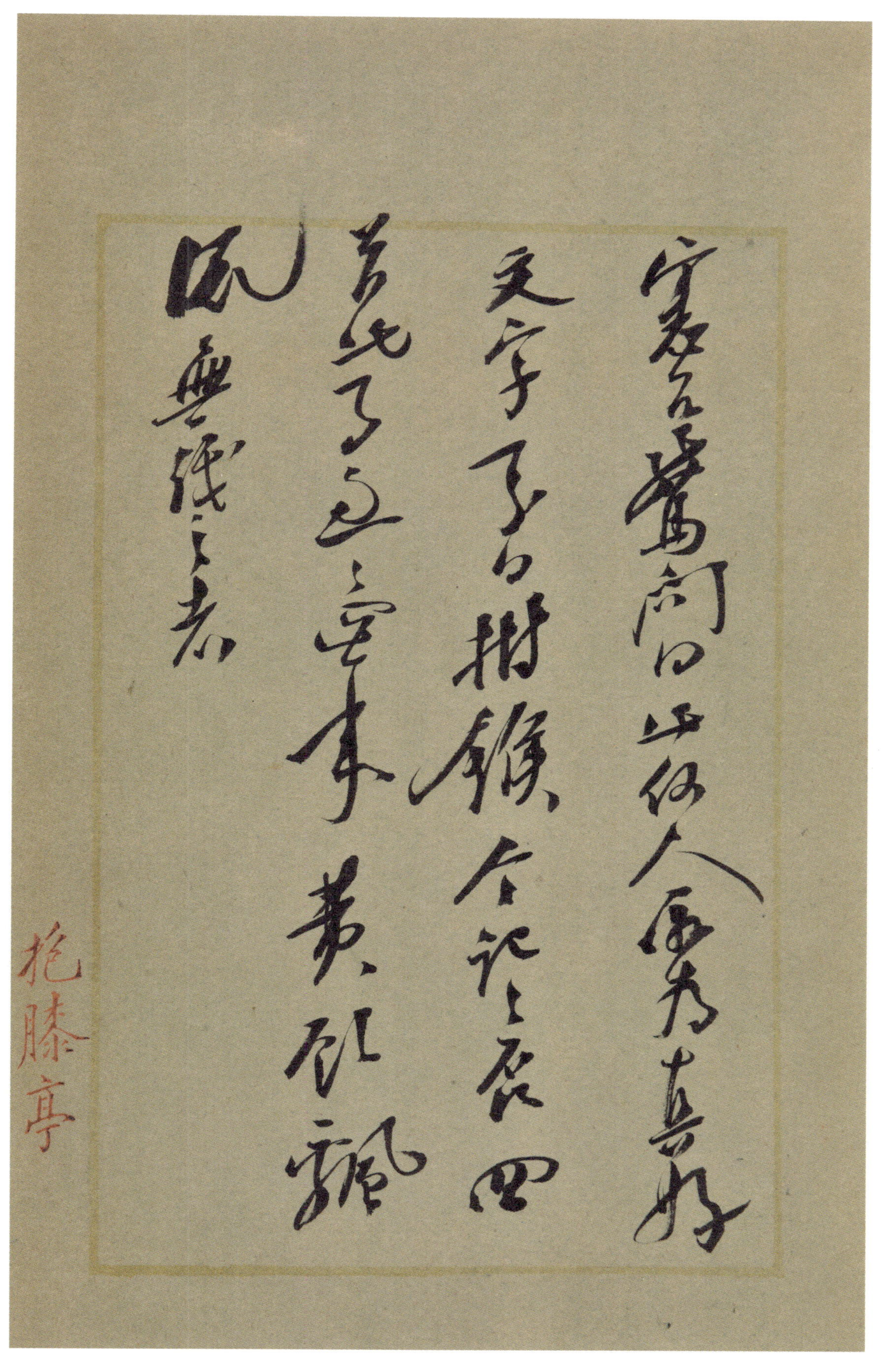

憲台鸞問曰：「此何人所爲？真好
文字。」芬曰：「樹鏃。」今
記之否？回
首此事，忽忽四年。黃、顧飄
流，無識之者。

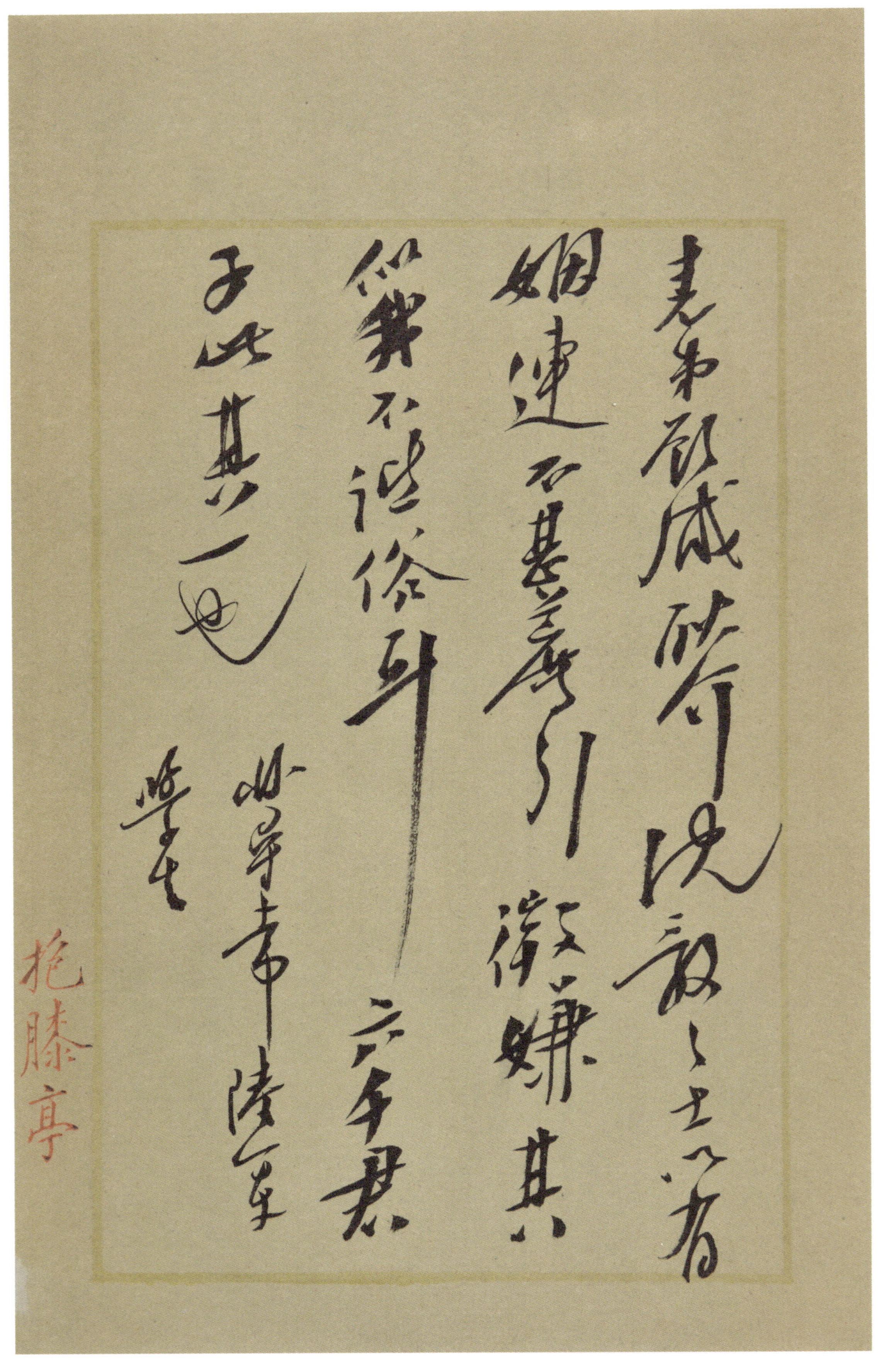

表弟顧咸，耿介沉毅之士。以有姻連，不甚薦引，微嫌其似我不諧俗耳。六千君子，此其一也。非尋常陸軍學生。

黄生兄弟從學湖堂最早。芬待南生頗用心，幾無一遺者。今渠兄弟清貧，自費游學，不能請北省官款，意似獨薄。心甚愧之。

憲台於楚、於湘、於曾祠之南學，皆所惓惓，黄生皆與焉，能爲之給一人官費乎？（在甯設法或告湘。）是所望也，不敢請也。

黃生樹猷、樹鏃兄弟，游
學日本。瞻仰
龍門，專誠上謁。兩生皆佳士也。
大人台下。本司鼎芬謹狀。
四月十四日。

繆荃孫（一八四四—一九一九）

字炎之，號筱珊，晚號藝風老人，江蘇江陰人。光緒二年（一八七六）進士。歷主南菁、濼源、龍城、鍾山等書院。分别主持創辦江南圖書館和京師圖書館，主持購買大量古籍善本。民國三年（一九一四）任清史館總纂。學識淵博，尤精金石碑帖、版本目録之學，著述繁富，有《藝風堂文集》《藝風堂藏書記》《藝風堂日記》等，輯刻有《雲自在龕叢書》《藕香零拾》等多種叢書。

陶齋尚書鈞鑒：學堂增款、書局
改章，兩公事均奉
到，由穆、劉兩總辦申復。公事
已畢，再以私事奉求。
戊戌新政，開辦高等學堂，蒯禮
卿爲總辦，專收江皖
學生，約荃孫及吴道學廉江皖各
一人爲稽查，荃孫預聞學
務之始。現三江分三省，可否援例，
懇求
賞派與方編修同查？感荷無既。
又陳伯年吏部書局乾脩，
不能不裁。或以三江補之。（江
西亦應派。）公誼舊情，兩無所礙，
敬候
酌奪。荃孫決不敢領乾脩，當與
方編修每禮拜查核一次，

或與學事稍有裨益。干祈分外，悚惕殊深。此請

著安，諸希

愛照百益。治年晚生繆荃孫頓首。

《鶴銘》兩幀敬繳。崇孝廉一函附呈。

大帥賜鑒：昨日兩電未繳，今補呈。學使司已回，吳監督仍不到堂，而諸事預備無礙，初八考試。閲轅鈔，岑道已禀辭，王世兄諒可交彼帶往。王世兄亦來問信。善餘日内可到。陳都督求交卸，赴上海過年。自九月迄今，藩庫未發款，頗覺難支。朋友、匠役不能欠也。囑轉達。耑肅，敬請鈞安。治年晚期繆荃孫謹上。

孫寶琦（一八六七—一九三一）

字慕韓，晚號孟晋老人，浙江錢塘人。蔭生出身，納貲捐道員銜。曾出使法、德，辛亥年（一九一一）爲山東巡撫。民國成立任外交總長、審計院院長、財政總長等，民國三年（一九一四）曾任國務總理。民國十四年（一九二五）八月被任命爲駐蘇聯第一任特命全權大使。

午橋四哥世大人閣下：日前寄
奉寸
函，計先達
台覽。前聞
政躬違和，深用馳念。奉
電，知偶感風寒，觸發舊恙，
現已
痊愈，請假調理，稍慰下忱。兩
江政事殷繁，吾
哥平素事無鉅細，必躬必親，

籌畫賢勞，衆所共佩。惟
大臣愛身即所以愛
國，尚祈
格外珍攝，以時節宣，曷勝禱祝。
晦老初九到柏，海外欣逢舊
雨，藉慰岑寂。伯唐亦不日到
歐，過此更可暢聚。二公知政

府別有用意，故醉翁之意不在
酒，與我
哥昔日來此迴殊耳。杜賽爾
美術會寄贈吾
哥畫册，交郵船寄奉。玆有
提單一紙，請
察存。飭滬道届時提取，當不

至誤。前奉
來電，允籌千金爲各生譯書報
之費。接上海商務印書館來
信，云尚未奉到。敢祈
飭即查明，匯寄該館爲盼。專
此瑣瀆，敬叩
大安，諸維珍重千萬。如弟寶琦叩。
三月十四日。

俞廉三（一八四一—一九一二）

字廙軒，浙江山陰人。出身戎幕，起家於山西。戊戌年（一八九八）任湖南布政使，旋陞巡撫，曾襄助陳寶箴推行新法。光緒二十八年（一九〇二）調山西巡撫，次年病免；三十三年（一九〇七）出任修訂法律大臣，協理開辦資政院事務。宣統三年（一九一一）任倉場侍郎。

匋公尚書左右：前承
電賀，當即覆謝。譯文簡略，款
曲未伸，屢
欲裁箋，又以事冗不果。江雲南望，
引企爲勞。
執事坐鎮從容，東南柱石，
聲威所播，鳴鏑潛銷，鄰疆亦
同叨
福庇也。京倉積弊，近已掃除。
缺況雖
清，辦事尚易措手。比來視漕，
駐宿朝陽門
外，信宿方得一歸。稍得餘閑，
則校核法律館

稿。較之城市，静適多矣。海州
牧謝元洪，
廉勤耐苦，夙荷
青睞，該牧感恩圖報，何敢自棄？
惟聞其近
日患病甚劇，實不能支。地本繁區，
若令力疾
從公，設有貽誤，轉失我
公培養吏才之盛意。務求
俯鑒患病實情，於其具禀到日，
迅賜飭司委代，俾得静養。一俟
就痊，仍可

藉供馳策。用特專函奉達，伏祈始終
成全，實深盼禱。手肅，恭候
起居，尚望
惠覆。不具。
愚弟俞廉三頓首。
四月十二日，泐於朝陽門外太平倉舊基。

沈家本（一八四〇—一九一三）

字子惇，號寄簃，浙江吴興人。光緒九年（一八八三）進士。歷任天津、保定知府，刑部右侍郎，修訂法律大臣，大理院正卿，法部右侍郎、資政院副總裁等。精研法律之學，兼通傳統之經學和小學。光緒二十八年（一九〇二）受命主持修訂法律，建議廢除凌遲、梟首等刑罰，禁止刑訊；主持制定《大清新刑律》，爲中國法制現代化先驅。著有《沈寄簃先生遺書》等。

午橋仁兄年大人閣下：飛鴻北向，京國春深，引領
清風，倍增悃愊。辰維
銓轅集祜，
勛望日隆。遥企
莎廳，以頌以慰。兹有懇者，族弟維誠前在總署行走
多年，出守廣西慶遠。一麾天末，復值驚波，業經稟
請開缺，回籍修墓，而上游仍有微詞，送部引見，降
用同知。旋隨聯星帥調赴新疆，辦理文案各事宜，
諸臻妥協。頃因選輪到班，來京投供，籤得太平洲缺。該
員人極老練，吏治素諳。幸隸
仁帡，當希
推愛及烏。向
陽小草，仰望
春風，感荷
高雲，實無涯涘。專此布懇，敬請
勛安，諸維
垂鑒。不備。年愚弟沈家本頓首。

徐世昌（一八五五—一九三九）

字卜五，號菊人、水竹邨人等，直隸天津人。光緒十二年（一八八六）進士，十五年授編修。入袁世凱幕。歷官至軍機大臣、體仁閣大學士。入民國，曾任袁政府國務卿。民國七年（一九一八）十月被安福國會選爲大總統，十一年六月通電辭職，退居津門，以著述終老。編著有《退耕堂集》《晚晴簃詩彙》《清儒學案》等。

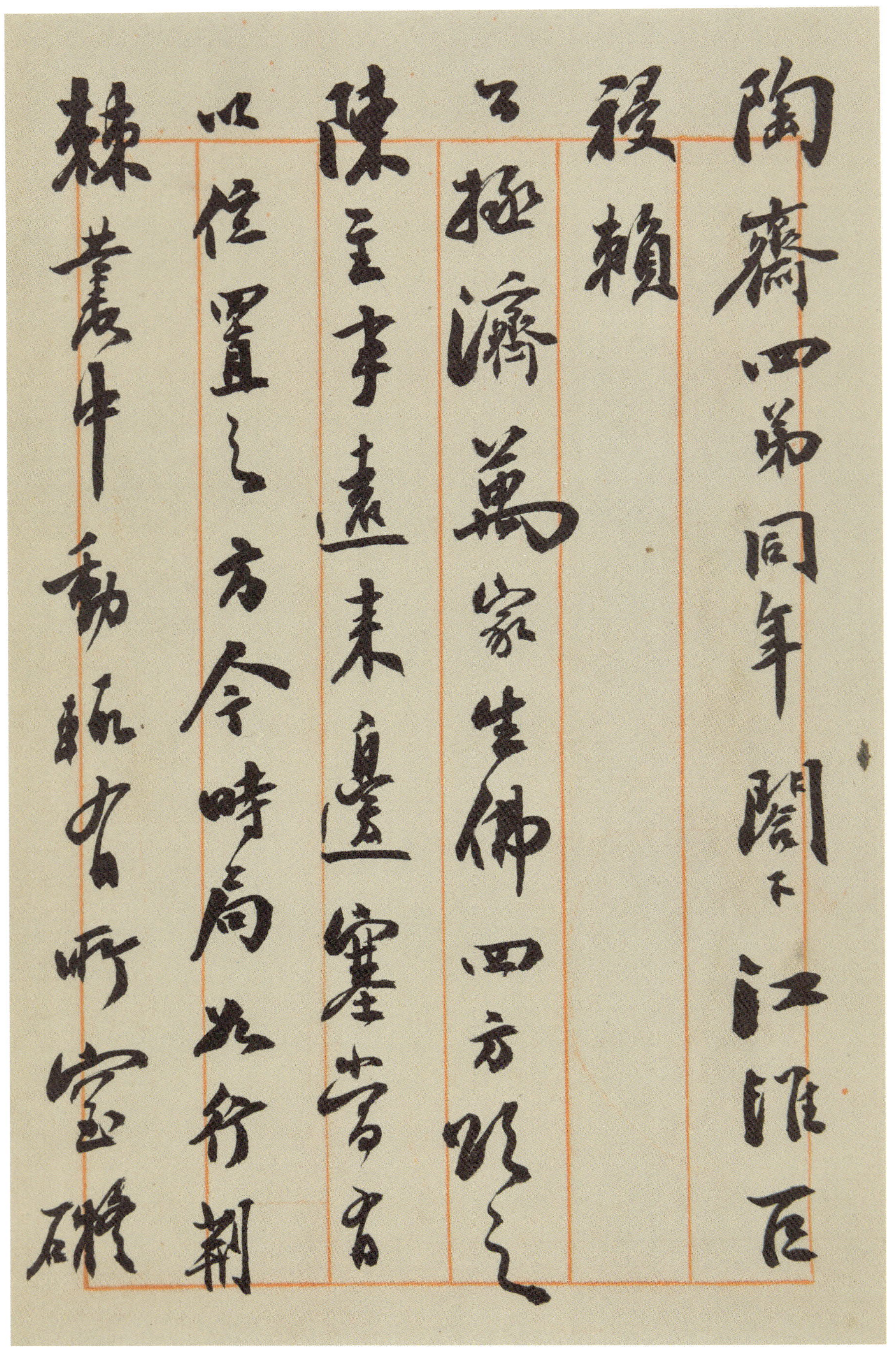

陶齋四弟同年閣下：江淮巨祲，賴公拯濟。萬家生佛，四方頌之。陳主事遠來邊塞，當有以位置之。方今時局，如行荆棘叢中，動輒有所窒礙，

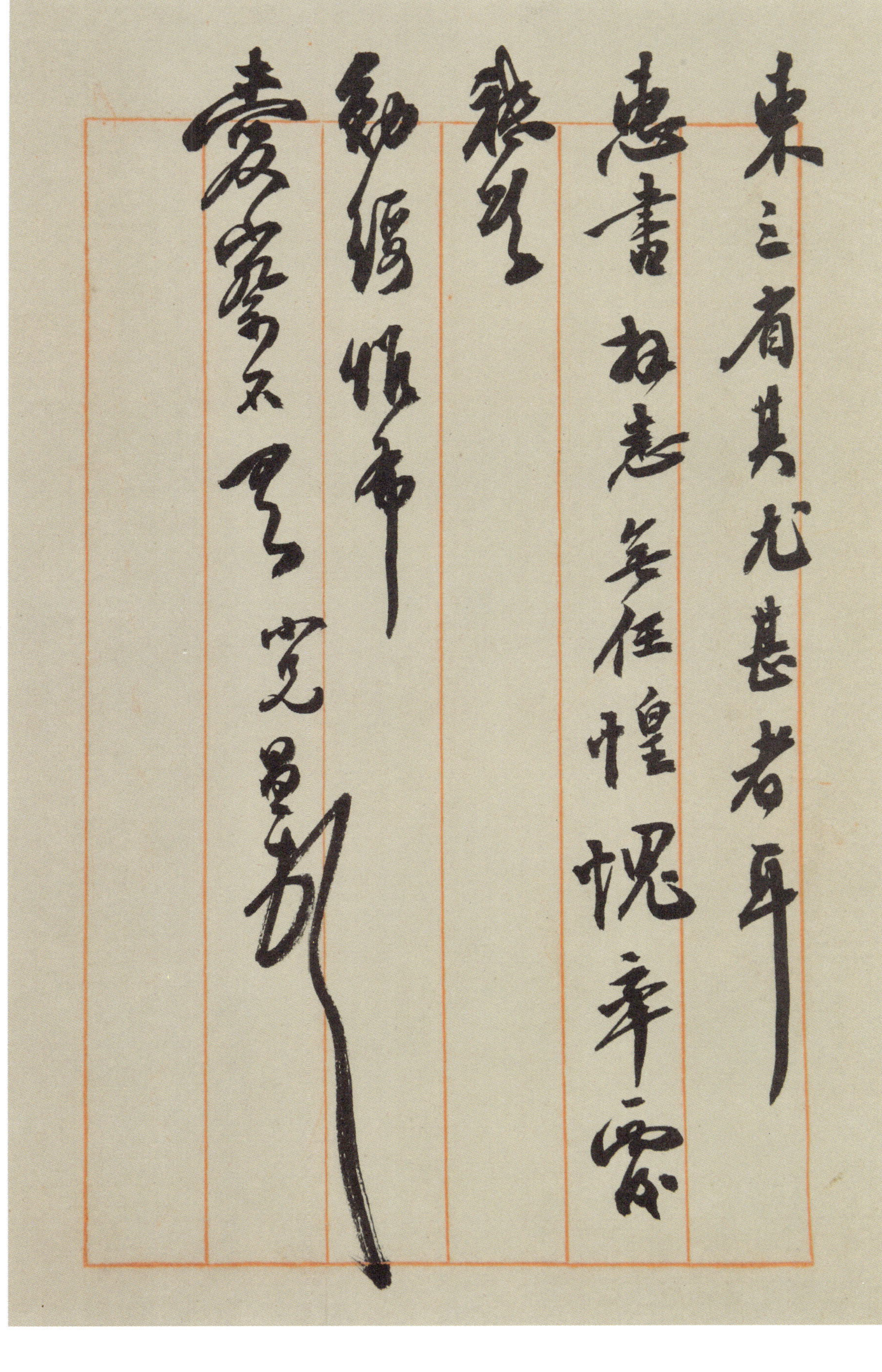

東三省其尤甚者耳。
惠書拜悉，無任惶愧。率覆，
祇頌
勛綏，惟希
愛察。不具。小兄昌頓首。

戴鴻慈（一八五三—一九一〇）

字光孺，號少懷，晚號毅庵，廣東南海人。光緒二年（一八七六）進士。後以編修督學山東、雲南，爲雲南鄉試正考官，後歷任侍講學士，刑部、户部侍郎。光緒三十一年（一九〇五）與端方、載澤等奉命出國考察憲政，回國後籌畫預備立憲。擢禮部尚書、法部尚書、軍機大臣。著有《出使九國日記》《列國政要》等。

午帥吾兄大人閣下：
使至，得
書，欣慰無似。弟以菲才，
忝持使節，懼弗克稱，
辱承
獎飾，增惶悚耳。前手

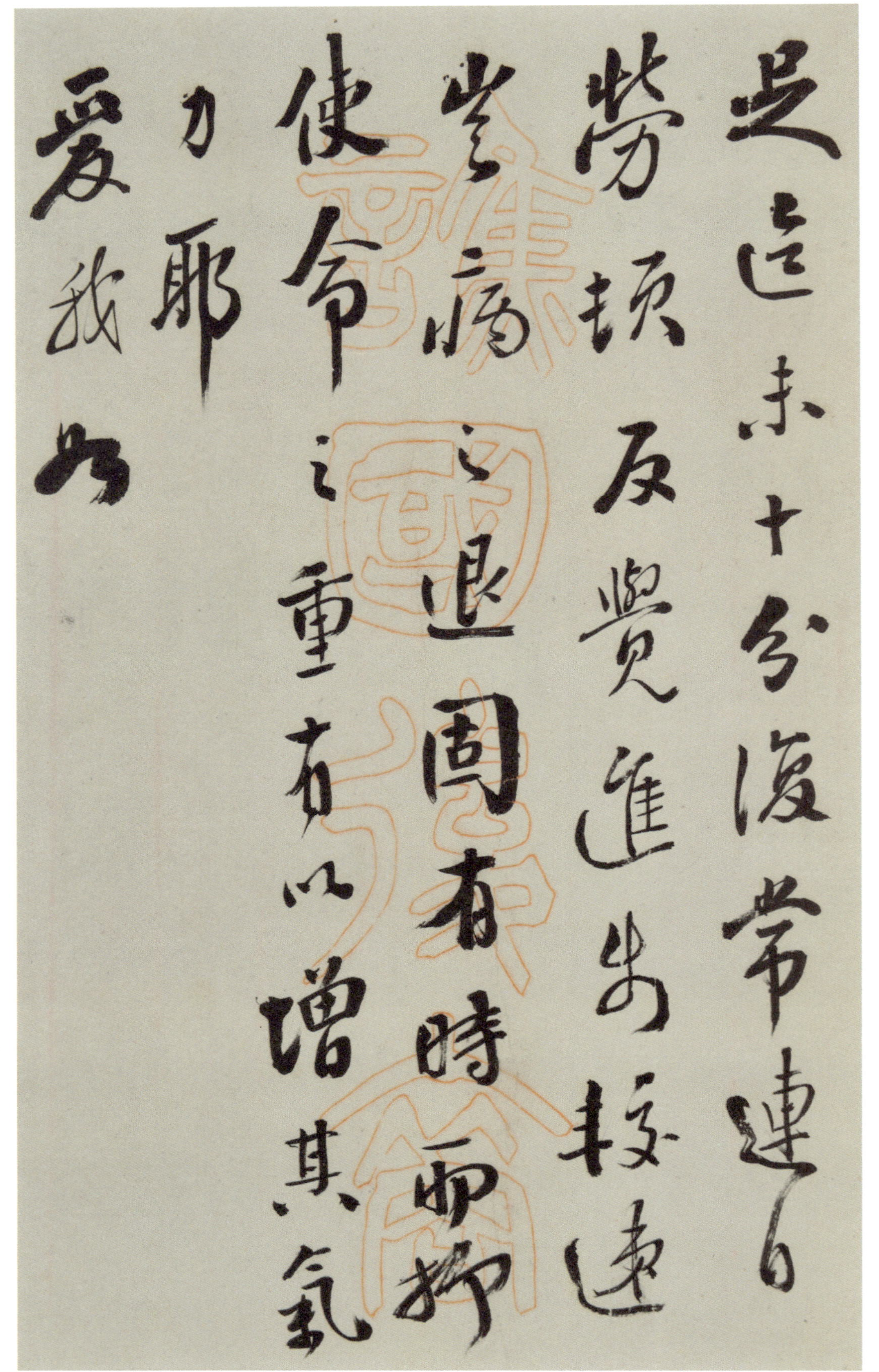

足迄未十分復常，連日勞頓，反覺進步較速。豈病之退固有時耶？抑使命之重有以增其氣力耶？愛我如

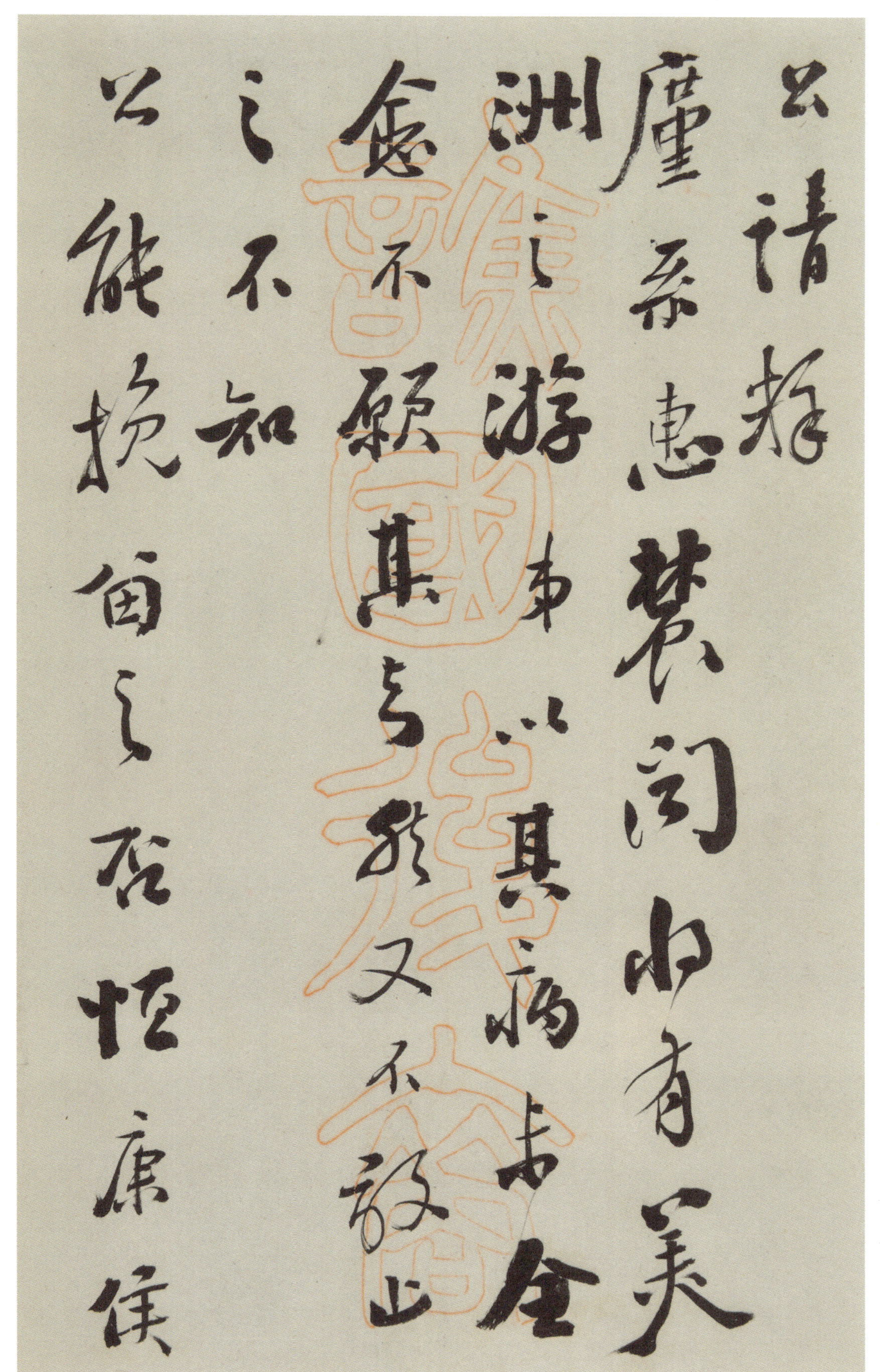

公，請釋
厘系。惠農聞將有美
洲之之游，弟以其病未全
愈，不願其去，然又不敢止
之。不知
公能挽留之否？恒康侯

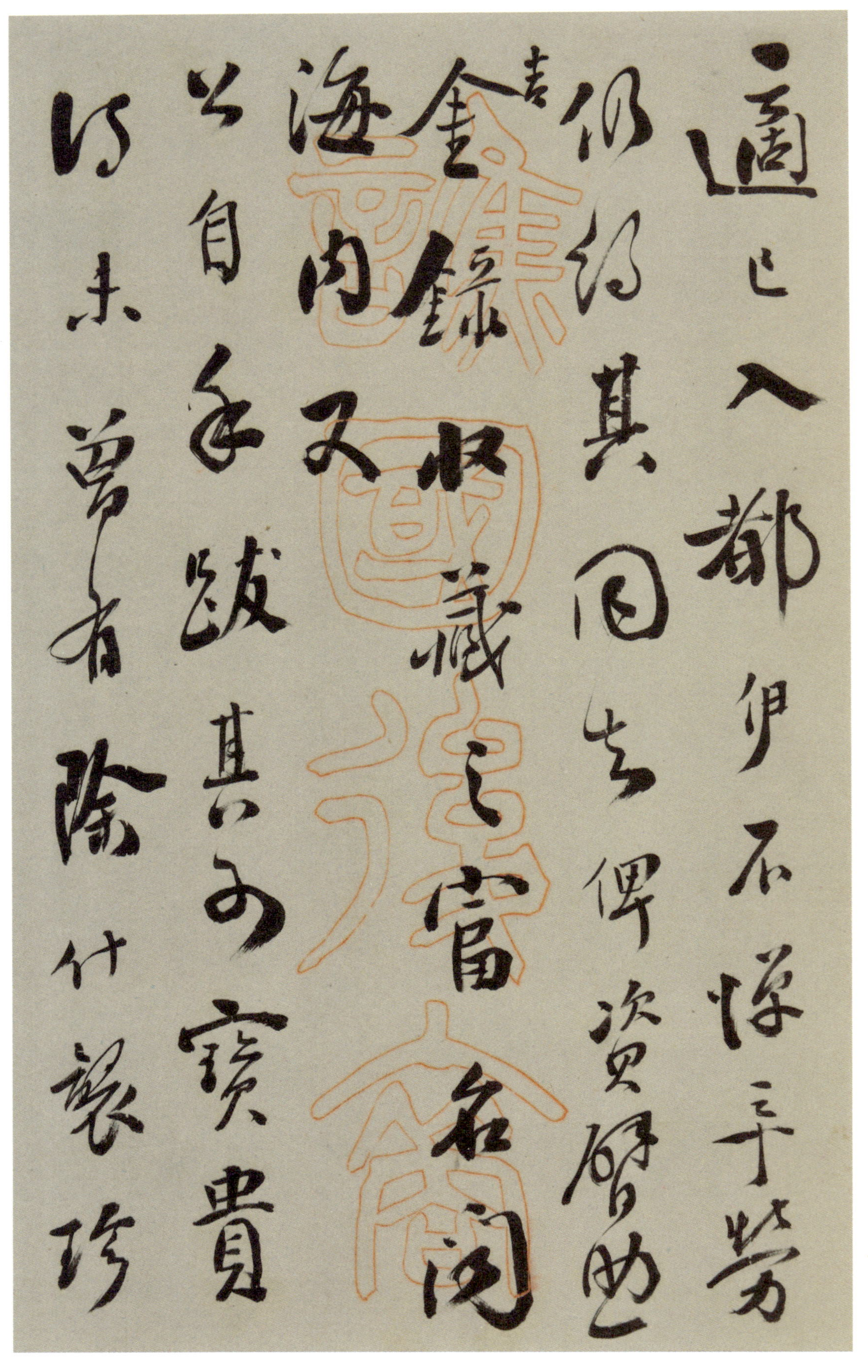

適已入都，伊不憚辛勞，仍約其同去，俾資臂助。《吉金録》收藏之富，名聞海内。又公自手跋，其可寶貴，得未曾有。除什襲珍

藏外，餘即帶至俄都
分贈，俾公同好。舍親
曾謙入京截取，曾誠移蔭
赴引。土物二種附呈，請
察收爲幸。即請
勛安。弟鴻慈頓首。廿三日。

載洵（一八八六—一九四九）

滿洲鑲白旗人。奕譞六子，光緒皇帝及攝政載灃之弟。光緒十五年（一八八九）晉輔國公，次年晉鎮國公，後襲貝勒，加郡王銜。宣統元年（一九〇九）任籌辦海軍大臣，并赴歐美考察海軍。次年授海軍部大臣。辛亥後閑居京津。

午帥仁兄大人座右：久睽芝宇，時繫葭思。欣逢簡命重膺，懽會有日，不禁雀躍。曩者，熊京卿携來

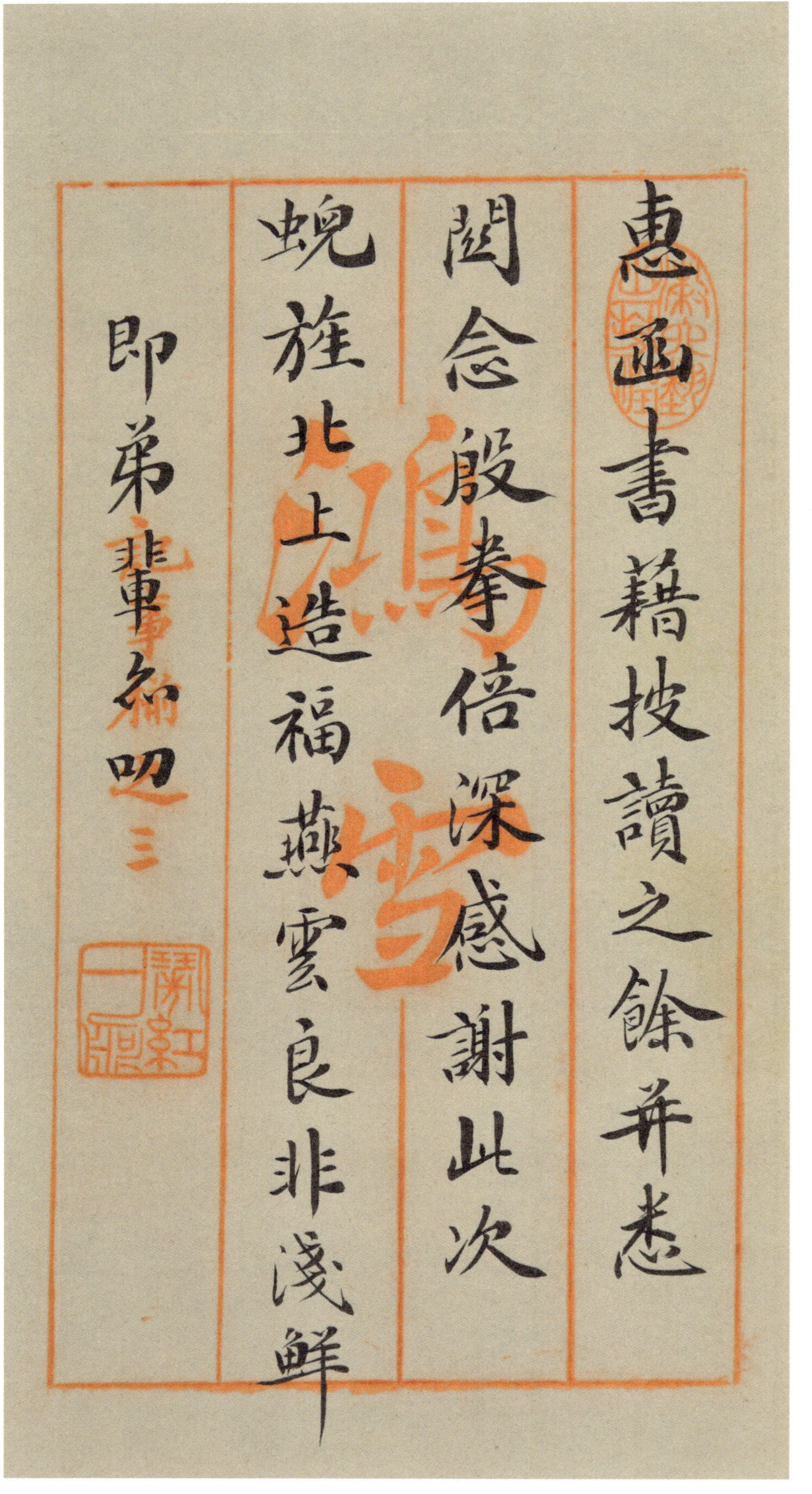

惠函、書籍，披讀之餘，并悉
關念殷拳，倍深感謝。此次
蜺旌北上，造福燕雲，良非淺鮮。
即弟輩亦叩

庇覆多多矣。兹有預請者，葉道
崇質與弟素相友善，在山
東、直隸辦理警政有年，幹
練有爲，才大心細。直隸巡警

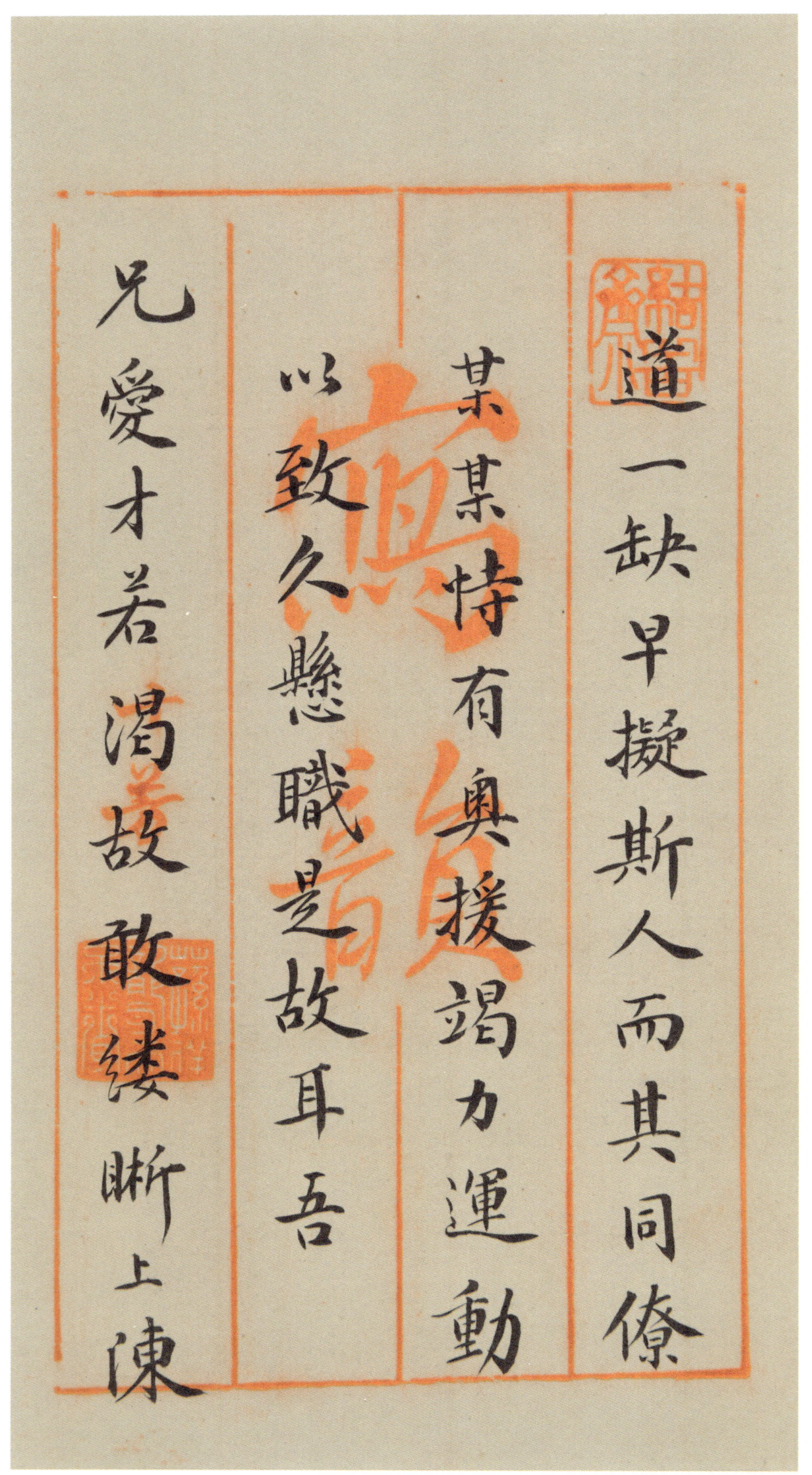

道一缺，早擬斯人。而其同僚某某，恃有奥援，竭力運動，以致久懸，職是故耳。吾兄愛才若渴，故敢縷晰上陳。

尚望將來

培植，即以試署斯缺，必當得

力。且該道辦理

西陵工次警務，最爲妥慎。弟知

之亦

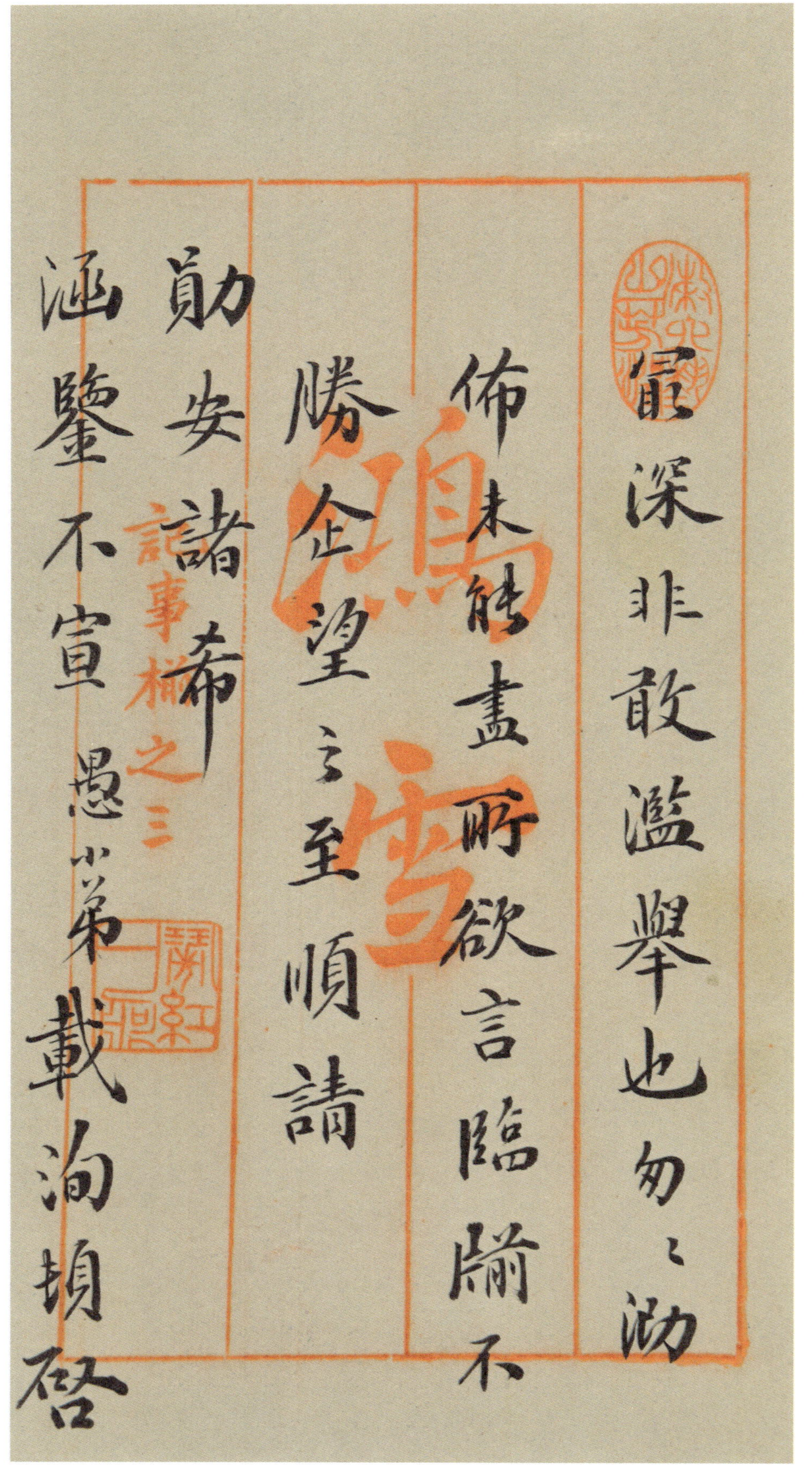

最深，非敢濫舉也。匆匆泐
布，未能盡所欲言。臨箋不
勝企望之至。順請
勛安，諸希
涵鑒。不宣。愚小弟載洵頓啓。

袁世凱（一八五九—一九一六）

字慰亭，號容庵、洗心亭主人，河南項城人。早年入吴長慶幕，并隨其至朝鮮平叛，遂以幫辦軍務身份駐軍朝鮮。光緒二十一年（一八九五）被派至天津小站督練新軍。辛亥革命爆發後，任清廷總理内閣大臣，主持軍政。後藉革命黨人之聲勢逼清帝遜位，又藉此於民國元年（一九一二）二月任中華民國臨時大總統；二年十月任大總統；四年十二月改制稱帝，在位八十三天而被迫取消帝制。

陶公四弟制軍左右：前覆詳函，計可先登記室。廿四日晚，家三兄抵彰，精神尚清楚，惟左手足疼痛，不便行動。幸非麻木不仁之症，可望治痊。現多延良醫，趕爲調理。述及厚愛，感深刻骨，諄諄謂未能仰答

知遇，引爲大憾。兹附舍弟世傳
北上之
便，敬呈汴綢八疋、鹹菜廿簍。
戔戔
土儀，聊以伴函，祈
哂納爲幸。不盡之言，囑傳弟
面達
一切。肅此，祇請
勛安，并祝
珍攝。如小兄凱頓上。七月廿九日。

羅振玉（一八六六—一九四〇）

字叔蘊、叔言，號雪堂、貞松老人，浙江上虞人。光緒二十二年（一八九六）在上海與人合辦農學會，創辦《農學報》。後游張之洞、岑春煊、端方之幕，辦理農務與學務。曾任學部參事及京師大學堂農科監督。入民國後，奔走復辟，參與僞「滿洲國」之建立，任僞參議府參議及「滿日文化協會」會長等。其參與開拓中國現代農學；宣統二年（一九一〇）著《殷商貞卜文字考》，首先考定安陽小屯爲殷墟，并正確判明甲骨爲殷商遺物，開創甲骨學研究；又保存内閣大庫明清檔案，促成國家對敦煌遺書的保護，整理《流沙墜簡》；收藏、整理并輯印大量金石文字、善本古籍。

匋齋尚書鈞鑒：逾月不侍
左右，維
起居安隱爲念。昨伯希和有信來，
言影片因寫真師
身故，致寄出遲滯。其來函已交
授經，托陳仁先兄譯
呈，想日内當奉
上也。《匋齋藏石録》是否印
成？乞
賜一部，渴望久矣。又
允賜赤刀等拓本，及楊惺老所乞
《張貴男誌》。兹專力

祇領，乞
賜下爲叩。敦煌藏卷，聞運京者
皆完好之卷，其零
片斷帙尚多數。此説得之毛實翁
之文案劉君，所言必不
誤。前托士可轉陳，不知已達否？
若早日電購，或可得也。謹
再附陳，肅請
鈞安。振玉謹呈。二十五日。

樊增祥（一八四六—一九三一）

字嘉父，號雲門、樊山，湖北恩施人。光緒三年（一八七七）進士。累官至陜西、浙江兩省按察使，江寧布政使，護理兩江總督，袁世凱執政時曾任參政院參政。喜藏書，善詩文，爲「同光派」重要詩人。著有《樊山全集》等。

帥憲四弟大人鈞座：敬稟者，入
此歲來，未貢一箋。百端
填委，千憂總集，
公所知也。以情勢言，萬不能不去，
徒以婦病牽掣，廢留於
此，可爲太息。頃間仲恂來，言
明日有都門之行，專
謁我
公。恨不與之俱北。仲恂在此坐困，
祥竟無能爲力，言之
可愧。我
公能爲道地，飲惠非淺。東海與
有年誼，

公如說項，當有成也。祥終日焦愁，
毫無興味。惟
冀交出薇符，暫作吴越寓公，徜
徉煙水之
際。至於《琴操》所謂「然則究
竟如何」，則不暇計
也。司臣來，接
手諭，并縷述
近狀。
高雲在天，卷舒自如，

公真天人，非下士所敢妄企。但恐華夷喁望，山林之樂，弗能久享耳。東畬撤差，本可居閑養晦，而爲電燈事擺脱不開，受累不少。司臣錢局事已了，而監理又以秋操饒舌，處此世界，亦惟有聽天由命而已。仲恂在座，草草書此，稍暇再作長箋。樂菴同年常在左右，羨羨。

恭請

鈞安。屬吏如小兄增祥謹稟。四月十七夜。

内子率兒女恭請

帥憲弟夫人福安。

升允（一八五八—一九三一）

字吉甫，蒙古鑲黄旗人。光緒八年（一八八二）舉人。曾任總理各國事務衙門章京、使俄隨員。後歷任山西按察使、陝西布政使、陝西巡撫、陝甘總督等，因堅决反對立憲而罷職。辛亥陝西光復後再署陝西巡撫，抗拒革命。

午喬同年左右：前談弊居東
院出典五千金，辦法甚善，擬就
典字呈
閱。如無删改，即照此繕寫。其款
請在望前
擲下。允在塋地建坊，親往監造，
約二十前後竣工，下旬即起程入
秦□。
山居之樂，彼此同之，正不必昕夕
聚處也。此候
時安。允頓首。三月初二日。

徐蓮士來，欲踐去歲迭爲賓主之約。允先作一局，定初五十一點鐘，在增壽堂，務望惠臨。坐中有和永修暨華卿叔侄。此請午喬同年早安。允頓首。初四日。

朱邇典（John Newell Jordan，一八五二—一九二五）

亦譯作朱爾典，英國外交官。生於愛爾蘭，畢業於貝爾法斯特皇后學院。光緒二年（一八七六）來華從事外交事務，三十二年（一九〇六）任駐華公使。民國九年（一九二〇）回國。

朱邇典

I have received the beautiful porcelain tea pot which Your Excellency so kindly sent me (by Tousai B.C.Service) and return you 1000 thanks for the lovely gift. I am so grieved to be unable to call upon
Your Excellency before my departure but look forward to a renewal of our happy relations on my return to China in about six months.

J.N.Jordan

March 27，1910

楊文鼎（一八五二—一九一一）

字晋卿，雲南蒙自人。舉人出身。歷任福建、貴州、湖北按察使，湖北布政使，宣統二年（一九一〇）陞湖南巡撫，次年調陝西巡撫，未赴任。

大帥賜鑒：前王生晴軒來，奉到
賜書，即經電覆，諒蒙
垂察。王生言及
憲台赴西山避暑，不知近日已回
京邸否？伏審
勛躬萬福，慰洽頌私。王達夫處
貸款
展期後，又逾三月。屢次來電催索，
以滬市銀根甚緊，不能周轉。鼎
初擬以江甯之屋押抵，乃此屋
又已

入官，窘迫不可言狀，無法騰挪。湘
缺貧瘠，久在
洞鑒。是以電達
鈞右，非敢一再瀆請，尚乞
諒察是幸。此間善後各事以次
就緒，年穀豐登，地方安謐，
交涉
亦將議結，償款不及百萬，別無
要求。大局已定，惟財政困難，
無法

整理。渭卿方伯已到任，無米之炊，同深焦灼。鼎力小任重，勉支艱鉅，實覺竭蹶。求退不得，無家可歸，思之悚然。莘帥北上，必與公晤譚，湘中情形可詳詢也。手肅布陳，敬叩台祺，伏維賜鑒。文鼎謹肅。七月十二日。

姜桂題（一八四三—一九二二）

字翰卿，安徽亳縣人。早年充僧格林沁衛隊官，參與鎮壓捻軍。後隨左宗棠至陝甘、新疆，陞任總兵。累官至直隸提督。晚年爲熱河都統，封陸軍上將，曾擁護袁世凱稱帝，被授一等公。

陶齋仁仲尚書閣下：奉
教，辱
惠審定板橋真迹，并拓本八
種，分
墨妙片鱗，已足光輝蓬蓽。

執事鑒賞、收藏，照耀寰海。拓
本諸
種，保存古物，藝林偉觀，尤可
寶貴。
拜荷無已，唯有傾佩耳。伏惟
起居萬福。不宣。如小兄桂題頓首。

吴禄貞 （一八八〇—一九一一）

字綬卿，湖北雲夢人。先後入湖北新軍、湖北武備學堂，光緒二十五年（一八九九）入日本陸軍士官學校騎科學習，期間加入興中會。二十八年（一九〇二）回國後先後任湖北將弁學堂總教習、武備學堂總辦等，後充延吉邊務督辦、副都統、陸軍第六鎮統制等職。武昌起義爆發後，與山西新軍秘密組織燕晋聯軍響應，被推舉爲大都督。同年（一九一一）十一月在石門火車站被暗殺。民國元年追謚爲陸軍大將軍。

師帥大人鈞鑒：敬禀者，屢蒙
厚貺，感奮時深。生受學有年，
未能見諸實事，於
師帥期望之雅義，所負誠不少矣。
昨又拜
賜紅箋二軸、摺扇一柄。所題「約
身學事，禮信仁智」，此教生
修身學也；「既仕在公，忠允篤
誠」，此教生治國道也。敬讀之下，
不勝惶恐。當即垂之高堂，以示
鑒勵。雖然，治國之本在修身，
仁智又修身之（本）也。仁智之量，
聖人猶未自盡，可見仁智之道

不易言，尤不易及也。既承
教我，敢不學焉？竊以「禮信」
二字，仁智下手之良箴：信則實，
實即仁；禮能明，明即智。約身
之禮信仁智，猶之乎治國
之道，非内行篤誠而所發者必
非忠允也。此生偶有所得，不
知於
師帥之道有所發明乎？略書數語，
一以自警，一以志心謝之
感也。敬敂
道安。受業吴禄貞謹上言。

鐵良（一八六三—一九三八）

字寶臣，滿洲鑲白旗人。曾爲榮禄幕僚，後官户部、兵部侍郎。光緒二十九年（一九〇三）赴日本考察軍事，回國後任練兵大臣，協助袁世凱創設北洋六鎮新軍。宣統二年（一九一〇），以軍機大臣出爲江寧將軍，駐節南京。武昌變起，與善耆等皇族成員組織宗社黨，反對清帝遜位。

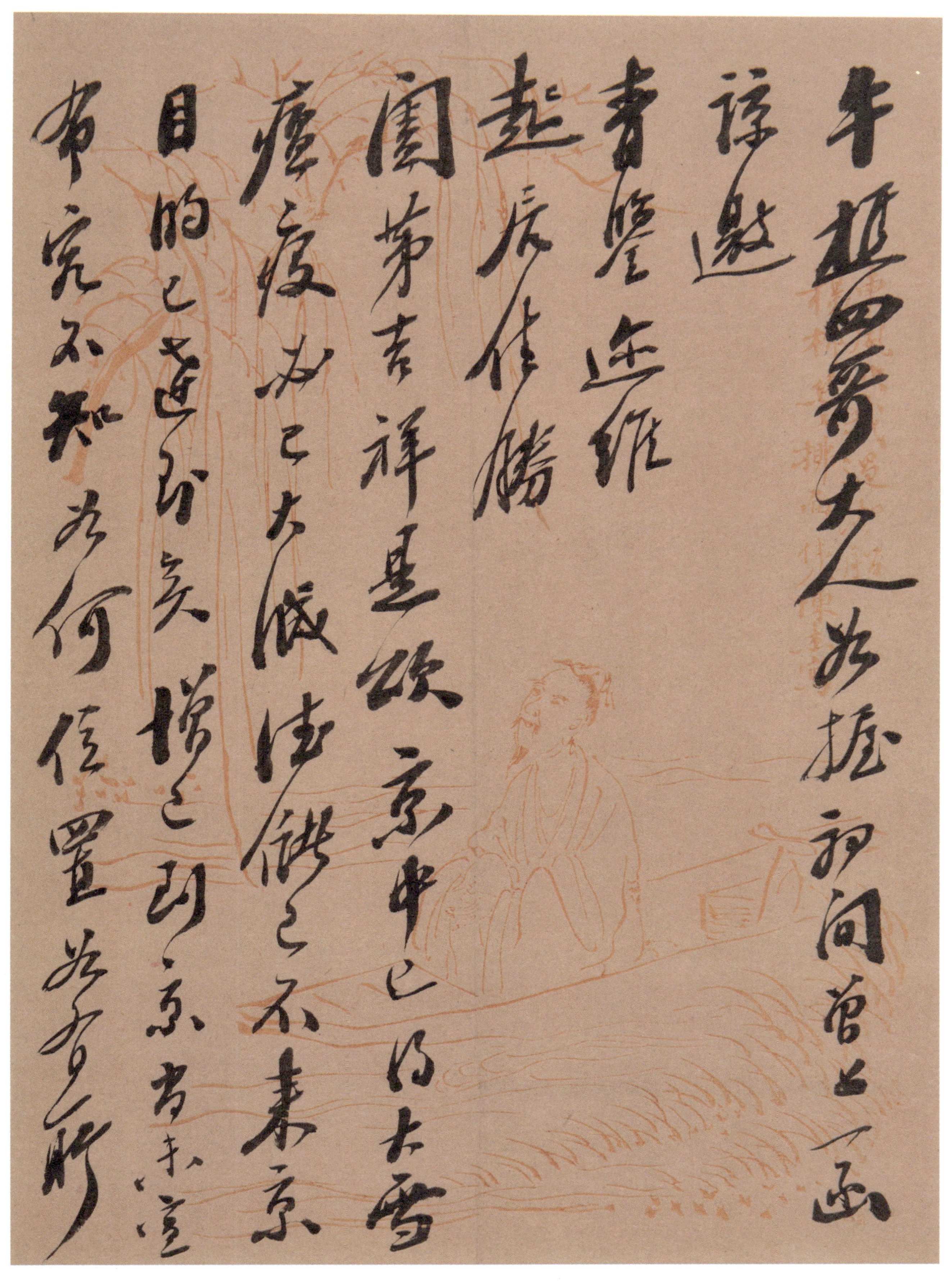

午樵四哥大人如握：初間曾上
一函，
諒邀
青鑒。邇維
起居佳勝，
闔第吉祥是頌。京中已得大雪，
瘟疫必已大減。德儲已不來京，
目的已達到矣。增已到京，尚
未宣
布，究不知如何位置。如有所

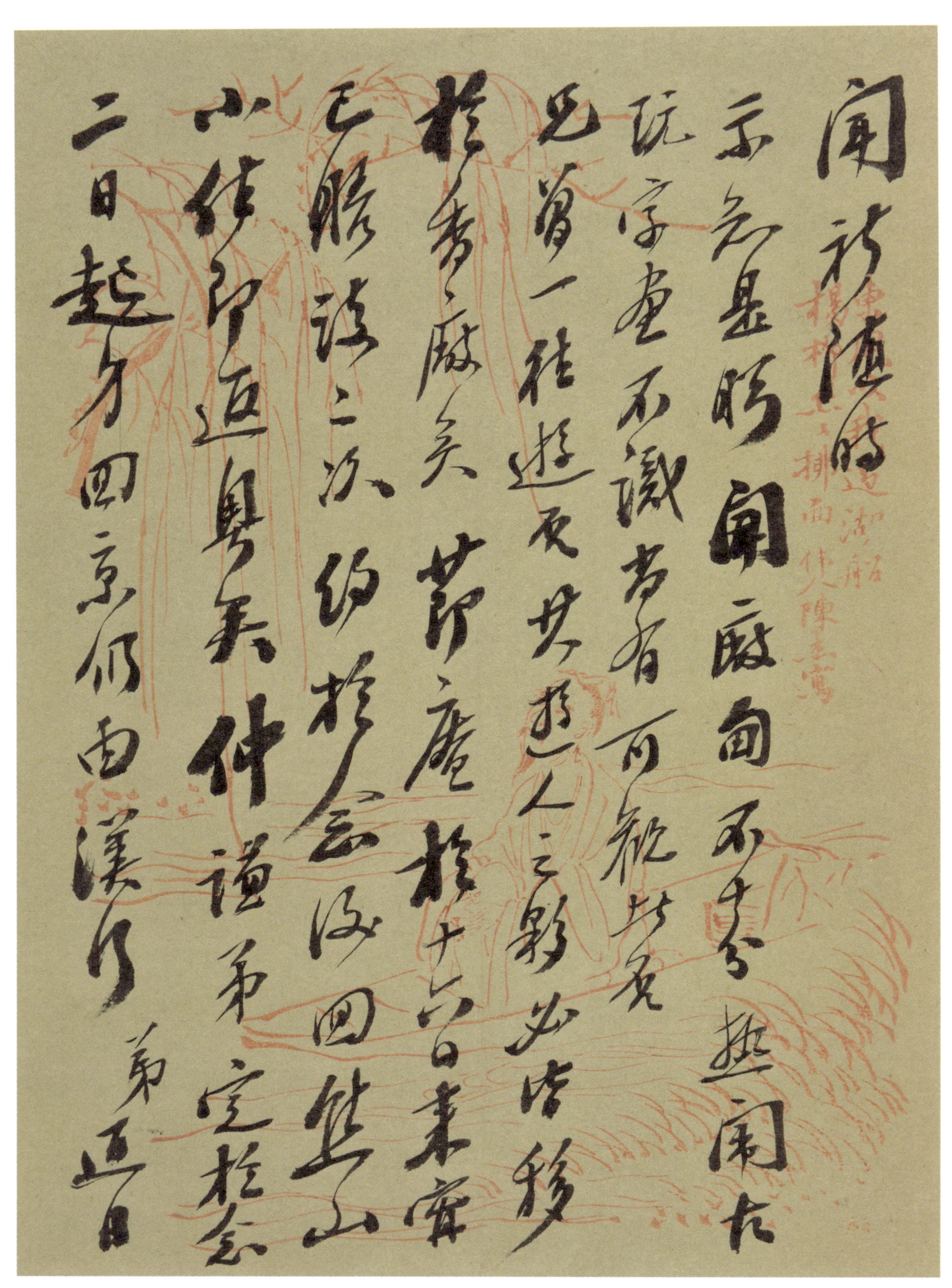

聞，祈隨時
示知是盼。聞廠甸不十分熱
鬧，古
玩字畫，不識尚有可觀者否？
兄曾一往遊否？其遊人之夥，必
皆移
於香廠矣。節庵於十六日來甯，
已晤談二次，約於念後回焦山，
小住即返粵矣。仲謙弟定於念
二日起身回京，仍由漢行。弟
近日

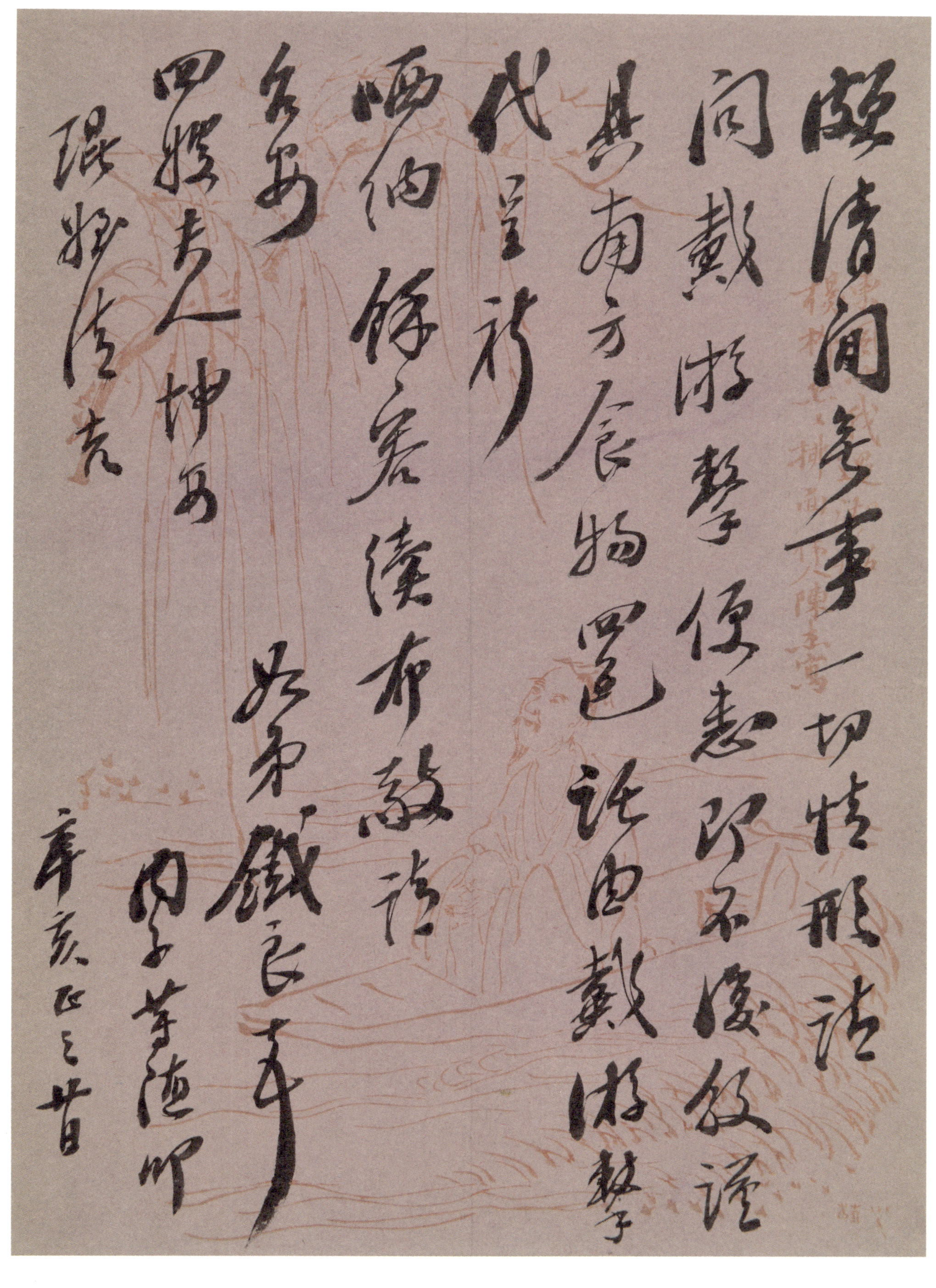

頗清閑無事，一切情形，請
問戴游擊便悉，即不復叙。謹
具南方食物四色，托由戴游擊
代呈，祈
哂納。餘容續布，敬請
台安。
四嫂夫人坤安，
琨侄清吉。
如弟鐵良頓首。
內子等隨叩。
辛亥正之廿日。

陳　毅　（一八七三—？）

字士可，湖北黄陂人。兩湖書院畢業，精通邊疆輿地。曾任學部參事、法律館纂修。民國初年任蒙藏總務廳總辦、駐庫倫辦事大員、西北籌邊使、庫烏科唐鎮撫使等職。喜蓄書。

大帥鈞鑒：匆匆叩辭，復蒙
寵賜食品多種，感愧萬分。賤恙
在京經就
鄉人葉君連診數次，甚覺有效。惟夜
間不能穩睡，故一時不易復元
耳。專
呈津門時物數事，藉將孺忱，
伏求
哂存，無任企幸。一年將盡，萬
象更
新。祇惟

福履增嘉，
鴻釐絣集，款款之私，不勝忻頌。
季孺
來舍，
尊賜當經交妥，并以稟
聞。手肅，敬叩
年釐，祇請
福安。毅謹稟。十二月廿九早。

敬呈
嘉興鹹肞二肘。
醬鴨四隻。
冬笋一簍。
南橙一簍。

附表

裕禄	光緒二十四年（一八九八）九月	何乃瑩	光緒三十三年（一九〇七）初冬
岑春煊	光緒二十五年（一八九九）七月	惲毓鼎	光緒三十三年（一九〇七）
魏光燾	光緒二十五年（一八九九）九月	江瀚	光緒三十二至三十三年（一九〇六至一九〇七）間
弼良	光緒二十六年（一九〇〇）	張謇	光緒三十二至三十四年（一九〇六至一九〇八）間
瑞澂	光緒二十八年（一九〇二）九月	陳三立	光緒三十三至三十四年（一九〇七至一九〇八）間
陳夔龍	光緒二十九年（一九〇三）四月	熊希齡	光緒三十三至三十四年（一九〇七至一九〇八）間
孫家鼐	光緒二十九年（一九〇三）八月	溥偉	光緒三十三至三十四年（一九〇七至一九〇八）間
李端棻	光緒二十九年（一九〇三）八月	嚴復	光緒三十三至三十四年（一九〇七至一九〇八）間
寶熙	光緒二十九年（一九〇三）九月	梁鼎芬	光緒三十三至三十四年（一九〇七至一九〇八）間
李經羲	光緒二十九年（一九〇三）九月	繆荃孫	光緒三十三至三十四年（一九〇七至一九〇八）間
楊守敬	光緒二十九年（一九〇三）十二月	孫寶琦	光緒三十四年（一九〇八）三月
陳璧	光緒二十九年（一九〇三）	俞廉三	光緒三十四年（一九〇八）四月
張之洞	約光緒二十九年（一九〇三）	沈家本	光緒三十四年（一九〇八）
王闓運	光緒三十年（一九〇四）四月	徐世昌	光緒三十四年（一九〇八）
劉廷琛	光緒三十年（一九〇四）四月	戴鴻慈	宣統元年（一九〇九）四月
葉德輝	光緒三十一年（一九〇五）春夏間	載洵	宣統元年（一九〇九）五月
陸樹藩	光緒三十一年（一九〇五）五月	袁世凱	宣統元年（一九〇九）七月
胡惟德	光緒三十二年（一九〇六）閏四月	羅振玉	宣統元年（一九〇九）冬
張百熙	光緒三十二年（一九〇六）（約在七月後）	樊增祥	宣統二年（一九一〇）
盛宣懷	光緒三十二年（一九〇六）十二月	升允	宣統二年（一九一〇）三月
嚴修	光緒三十三年（一九〇七）正月	朱邇典	宣統二年（一九一〇）三月
李國杰	光緒三十三年（一九〇七）六月	楊文鼎	宣統二年（一九一〇）七月
余肇康	光緒三十三年（一九〇七）七月	姜桂題	宣統二年（一九一〇）
伍廷芳	光緒三十三年（一九〇七）八月	吳禄貞	宣統元年至三年（一九〇九至一九一一）
載澤	光緒三十三年（一九〇七）夏	鐵良	宣統三年（一九一一）正月
沈雲沛	光緒三十三年（一九〇七）秋後	陳毅	不詳

說明：

臺北版《匋齋（端方）存牘》在「存牘原函」後有「存牘打字稿及來函者簡歷」及「匋齋存牘繫年」兩部分內容。其中「存牘打字稿及來函者簡歷」附有「來函年月」，考證各信的書寫年月。而「匋齋存牘繫年」所訂繫年與之大略相同。其所考證的時間大多數比較準確，但也難免誤考之處。現將其所考證的各信時間列表附此，以供讀者參考。

後記

本書收録清末名臣、大收藏家端方的五十二位朋僚來函，每人多爲一通，個别兩通。這批書信原裝四册，每册封面均署《匋齋存牘》，原由日本人佐久間楨在二十世紀三四十年代得自於北京端方之親屬，二〇〇四年秋天在北京拍賣會釋出，歸北京藏家庋藏。

此批書信寫於光緒二十四年（一八九八）至宣統三年（一九一一）初，即端方出任陝西按察使至罷官賦閑期間；作者多爲高官名流或天潢貴胄，内容豐富，具有很高的史料價值。早在一九九六年六月，臺北中研院近代史所曾以《匋齋（端方）存牘》之名作爲該所《史料叢刊》第三十種印行。該書係黑白影印，前有整理者閻崇璩先生序及收藏者佐久間楨簡歷；各函皆有釋文，并附有寫信者小傳和對書寫時間的簡略考證；後有佐久間楨之子佐久間禄跋。該書最早公布此批書信，嘉惠學林，功不可没，但也有一些訛誤和不足之處，諸如將署名「文鼎」者誤判爲「俞文鼎」（實爲楊文鼎），將署名「樹藩」者誤認爲「陳樹藩」（實爲陸樹藩）；胡惟德誤寫爲「胡維德」；署名「梅叟」和「毅」者，也未能考出（實即何乃瑩和陳毅）。應現藏家之邀，筆者對這批書信重加整理，并以《端方存札》之名彩色影印出版。

此次整理，對所有書信内容重新釋文，補釋原信上的鈐印，重編寫信者小傳，并對部分寫信者進行考證。其中署名「毅」一札，其書寫習慣和簽名都與近代藏書家陳毅（字士可）常見的手迹一致；而且陳氏與端方有所交集，如他在宣統二年（一九一〇）冬就曾與章鈺、劉師培、羅振玉等人一同在寶華盦欣賞匋齋的重要藏品《西嶽華山廟碑》華陰本，并由羅氏執筆題記；本書所録羅振玉一函中也提到「敦煌藏卷，聞運京者皆完好之卷，其零片斷帙尚多數。此説得之毛實翁之文案劉君，所言必不誤。前托士可轉陳，不知已達否」。由此可見其人即陳士可無疑。另陳札末附有一食物清單，有認爲應歸屬鐵良札者，且所列四種食物確與鐵良札中「謹具南方食物四色」數字相符，但從用紙和筆迹來看，仍應歸屬於陳氏。又如梁鼎芬一札，原信各頁排序有誤，導致文意割裂，整理時據其内容重新予以排列。

臺北版《匋齋（端方）存牘》對各信的書寫年月都做了考證，其考訂結果大體比較準確。現特將其所考證的時間列爲簡表附於書後，以供讀者參考。

筆者有幸能整理這批重要的私家藏品，離不開收藏家的高度信任，還有李經國先生的居間協調并負責聯繫出版事宜。馬忠文先生在百忙之中惠賜前言，使本書增色匪淺。責任編輯章懿女史不憚繁瑣，爲本書的編輯出版付出大量的精力。在此一并致以謝忱！

限於筆者的水平，書中謬誤之處在所難免，敬請各位方家不吝批評指正。

林鋭

二零二三年四月

圖書在版編目（CIP）數據

端方存札 / 馬克主編；林鋭整理 —— 北京：北京聯合出版公司，2023.5.

ISBN 978-7-5596-6871-4

Ⅰ．①端… Ⅱ．①馬… ②林… Ⅲ．①書信集－中國－清代 Ⅳ．①I264.9

中國國家版本館 CIP 數據核字 (2023) 第 071284 號

文獻分社出品

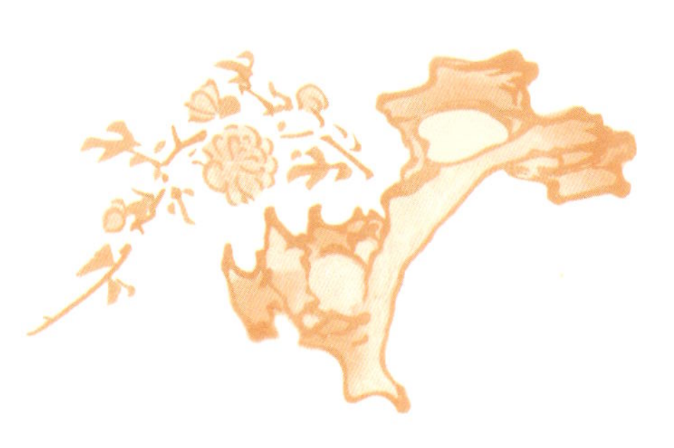

端方存札

出 品 人：趙紅仕

責任編輯：章懿

書籍設計：漆苗苗

出版發行：北京聯合出版有限責任公司

北京聯合天暢文化傳播有限公司

社　　址：北京市西城區德外大街 83 號樓 9 層

郵　　編：100088

電　　話：（010）64256863

印　　刷：北京富誠彩色印刷有限公司

開　　本：240mm × 340mm　1/8

字　　數：100 千字

印　　張：30

版　　次：2023 年 5 月第 1 版

印　　次：2023 年 5 月第 1 次印刷

ISBN 978-7-5596-6871-4

定　　價：698.00 元